贾岛诗集

〔唐〕贾岛 著

刘枫 主编

黄河出版传媒集团
阳光出版社

图书在版编目（CIP）数据

贾岛诗集 / 刘枫主编 .—— 银川：阳光
出版社，2016.9（2022.05重印）
（中国古典名著精华）
ISBN 978-7-5525-2977-7

Ⅰ．① 贾… Ⅱ．① 刘… Ⅲ．① 唐诗 – 选集
Ⅳ．① I222.742

中国版本图书馆 CIP 数据核字 (2016) 第 223022 号

中国古典名著精华　贾岛诗集　　　　〔唐〕贾岛 著　刘枫 主编

责任编辑　徐文佳
封面设计　瑞知堂文化
责任印制　岳建宁

黄河出版传媒集团
阳光出版社　出版发行

地　　址	宁夏银川市北京东路139号出版大厦（750001）
网　　址	http://www.ygchbs.com
网上书店	http://shop129132959.taobao.com
电子信箱	yangguangchubanshe@163.com
邮购电话	0951-5047283
经　　销	全国新华书店
印刷装订	天津兴湘印务有限公司
印刷委托书号	（宁）0020194

开　　本	710 mm×1000 mm　1/16
印　　张	14
字　　数	168千字
版　　次	2016年11月第1版
印　　次	2022年5月第2次印刷
书　　号	ISBN 978-7-5525-2977-7
定　　价	35.00元

贾岛诗集

目　录

中国古典名著精华

贾岛诗集

中
国
古
典
名
著
精
华

贾岛诗集

中国古典名著精华

中国古典名著精华

贾岛诗集

中
国
古
典
名
著
精
华

中国古典名著精华

卷一 精读篇目

剑 客

十年磨一剑,霜刃未曾试。
今日把示君,谁有不平事?

【赏析】

贾岛诗思奇僻。这首《剑客》却率意造句,直抒胸臆,给人别具一格的感觉。诗题一作《述剑》。诗人以剑客的口吻,着力刻画"剑"和"剑客"的形象,托物言志,抒写自己兴利除弊的政治抱负。

这是一把什么样的剑呢?"十年磨一剑",是剑客花了十年工夫精心磨制的。侧写一笔,已显出此剑非同一般。接着,正面一点:"霜刃未曾试。"写出此剑刃白如霜,闪烁着寒光,是一把锋利无比却还没有试过锋芒的宝剑。说"未曾试",便有跃跃欲试之意。现在得遇知贤善任的"君",便充满自信地说:"今日把示君,谁有不平事?"今天将这把利剑拿出来给你看看,告诉我,天下谁有冤屈不平的事?一种急欲施展才能,干一番事业的壮志豪情,跃然纸上。

显然,"剑客"是诗人自喻,而"剑"则比喻自己的才能。诗人没有描写自己十年寒窗,刻苦读书的生涯,也没有表白自己出众的才能和宏大的理想,而是通过巧妙的艺术构思,把自己的意想,含而不露地融入"剑"和"剑客"的形象里。这种寓政治抱负于鲜明形象之中的表现手法,确是很高明的。

全诗思想性与艺术性结合得自然而巧妙。语言平易,诗思明快,显示了贾岛诗风的另外一种特色。

寄 远

别肠多郁纡,岂能肥肌肤。

始知相结密,不及相结疏。

疏别恨应少,密离恨难袪。

门前南流水,中有北飞鱼。

鱼飞向北海,可以寄远书。

不惜寄远书,故人今在无。

况此数尺身,阻彼万里途。

自非日月光,难以知子躯。

【赏析】

这首五言古诗,以《寄远》为题,抒写了对远方友人的思念之情。

全诗可分三个层次。第一层,写思念友人,别情忧郁。诗人开笔就写得十分生动。他说,人有了别肠在腹中长期忧郁曲折的话,哪里能长胖呢?出语形象,词义深蕴。这不仅将整日对故人牵肠挂肚的思念的情状表现了出来,而且也体现了诗人与故人之间的亲密关系和深情厚谊。接着,诗人对与朋友相交甚密和关系相疏的情景作了比较。表面上说过于亲密不及疏远一点好,实际上正从反面强调了因与故人关系亲密造成了"恨难袪"的相别离情。这里,"始知"表明诗人是从自身体验来说的。同时,又通过正反映衬的方法,突出了对友人思念的情意。第二层,写思念友人,寄书问候。古代传说,鲤鱼能够传递书信。古乐府《饮马长城窟行》有云:"客从远方来,遗我双鲤鱼。呼儿烹鲤鱼,中有尺素书。"此后有"鱼书"之说。这里,诗人由情及景来写。由思念故人想到门前流水,由"南流水"想到"北飞鱼",再由鱼想到"可以寄远书"。诗人言鱼,不用"游"而用"飞",不仅状其迅疾之貌,而且表达了诗人渴望与友人沟通信息的迫切心情。诗人借用传说,发挥想象,使人意会到他对友人的思念之情,就像那"南去水"一样悠悠不绝;而他渴念友人,又多么希望"北飞鱼"能速递远书。这样,诗的情调便由原先的思念一转而为渴想了。第三层,写思念故人,虑其存亡。诗人承续上面的诗意,又觉得寄书问候是可以的,但是又不知道友人是否还活在人世间。"故人今在无?"的疑惑,就是表达了这种情思。这也是对友人过分渴想而引发的一种必然的心理活动。在古代,亲友之间音信的断绝,皆为交通不便所造成。因此,诗人从空间着笔来写。

说华山的形势固然十分高峻,但是远远望去也不过与杂草丛生的地面相齐。这是因为距离遥远,从视觉上得到的印象。而与此相比,暌隔"万里途"的"数尺身"的友人,那就更加微乎不见了。最后诗人以无奈的语气说:"自非日月光,难以知子躯"。结尾处与开头"别肠多郁纡"呼应。一方面委婉地倾诉了自己别恨难遣、离情萦怀的心曲;另一方面也道出了对故人的深切挂念,隐含着无限的担忧。至此,诗的情调又从思念一转而为挂虑了。这首诗在艺术上有自己的突出特点。一是把对故人思念之情写得缠绵宛转,回旋往复,细致地表现出诗人思念故人时心潮起伏的情状。这正如诗人那郁纡的别肠一样,情思萦纡,感情深沉。二是运用对比映衬的方法。诗人以相交甚深与关系疏远相比,以"日月光"与诗人目力比较等等,既突出了抒情的内容,又增强了抒写的感情色彩。

题李凝幽居

闲居少邻并,草径入荒园。
鸟宿池边树,僧敲月下门。
过桥分野色,移石动云根。
暂去还来此,幽期不负言。

【赏析一】

此诗以"推""敲"一联著名,至于全诗,因为题中用一"题"字,加上诗意原不甚显,故解者往往不得要领,讥其"意脉零乱"。且不管哪个"题"字,先读尾联,便知作者来访李凝,游览了他的"幽居",告别时说,我很喜欢这里,暂时离去,以后还要来的,绝不负约。由此可见,认为作者访李凝未遇而"题"诗门上便回,是不符合诗意的。先读懂尾联,倒回去读全篇,便觉不甚僻涩,意脉也前后贯通,不算有句无篇。

诗人来访"幽居",由外而内,故首联先写邻居极少,人迹罕至,通向"幽居"的小路野草丛生。这一切,都突出一个"幽"字。"荒园"与"幽居"是一回事。"草径入荒园",意味着诗人已来到"幽居"门外。次联写诗人月夜来访,到门之时,池边树上的鸟儿已入梦乡。自称"僧"而于万籁俱寂之时来"敲"月下之门,剥啄之声惊动"宿鸟",以喧衬寂,以动形静,更显寂静。而"幽居"之"幽",也得到进一步表现。第三联曾被解释为"写归途所见",大谬。果如此,将与尾联如何衔接?敲门之后未写开门、进门,而用诗中常见的跳跃法直写游园。"桥"字承上"池"字,"野"字、"云"字承上"荒"字。"荒园"内一片"野色",月下"过桥",将"野色""分"向两边。"荒园"内有石山,月光下浮起蒙蒙夜雾。"移"步登山,触"动"了石根云气。"移石"对"过桥",自然不应作"移开石头"解,而是"踏石"之类的意思。用"移"字,实显晦涩。这一联,较典型地体现了贾岛琢字炼句,力避平易,务求奇僻刻深的诗风。而用"分野色""动云根"表现"幽居"之"幽",还是成功的。特别是

"过桥分野色",构思新奇,写景如画,堪称警句。

《唐诗纪事》卷四十云:"(贾)岛赴举至京,骑驴赋诗,得'僧推月下门'之句,欲改'推'作'敲',引手作推、敲之势,未决,不觉冲大尹韩愈。乃具言。愈曰:'敲字佳矣。'遂并辔论诗久之。""推敲"一词,即由此而来。这段记载不一定完全符合事实,却能体现贾岛"行坐寝食,苦吟不辍"的特点。

【赏析二】

这首五律是贾岛的名篇。全诗只是写他拜访友人未遇这样一桩生活琐事,它之所以流传人口,主要在颔联。

首联描写友人幽居环境:一条野草丛生的小径通向荒芜的小园;近旁,亦无别的人家。用笔轻淡、洗练,已点醒诗题中的"幽居"二字,暗示出李凝是一位隐士。

颔联描写自己步入幽居所见所闻的景色。句中的"僧",是作者自称,作者早年曾皈依空门。诗人写景,难在捕捉稍纵即逝的"瞬间"景致,此即北宋诗人苏轼所谓"作诗火急追亡逋,清景一失后难摹"是也。此诗巧妙地抓住了一个富于诗情画意的瞬间。请看,月色皎洁,池水潋滟,池边浓绿的树林里闪动着斑驳月光,鸟儿在树上栖宿。在这万籁俱寂的荒园里,一个僧人在轻轻敲门,其声笃笃,俨然一幅有声有色的图画!"鸟宿"在高处,是静景,"僧敲"在低处,有动态,有音响,一高一低,一静一动,相互配合得多么和谐。而且,我们还可以想象,这敲门的"笃笃"之声,定会惊动宿鸟,或引起它们凌乱不安的啼鸣,惊而飞出,察看动静后复又返巢栖宿。十个字,意象密集,境界幽绝。

关于这一联中的"推敲"二字,有一个几乎家喻户晓的故事。据《唐诗纪事》卷四十记载,贾岛在长安等待应举,某日,骑驴上街,忽得此二句诗,初拟用"推"字,又思改为"敲"字,在驴背上引手作推敲之势,恍惚间冲犯了当时任京兆尹的诗人韩愈的仪仗队,当即被捉问。贾岛据实回答。韩愈立马思之良久,对贾岛说:"作'敲'字佳矣。"二人遂结为诗友。由此可见贾岛作诗锻字炼句的刻苦严谨,一丝不苟。这段故事,后来成为文学创作中讲究斟酌字句的佳话。但是,在这联诗中,究竟是用"敲"字好,还是用"推"字佳?有唐诗专家云:"推门无声,敲门有声;'推'字音节哑,'敲'字音节亮;四野静谧,皓月舒波,此时着一缁衣僧,举手笃笃敲门,声响回荡空间,境界倍见幽迥。"这是说"敲"字胜于"推"字。多数人或许都赞成这意见。画家吴冠中云:"敲则有声,与静对照。但这情境中突出了静与闹之对照是否破坏了整体调子,夹进了音响反而在画面落下了败笔。推门,无声,不写声,只着笔于推之动作,画出了运动中的线,与'宿'相对照,显得比'敲'更和谐,不失画面的统一。"他从绘画的角度提出异议,指出"推"胜于"敲",亦是妙解。

诗的颈联,写回归路上所见。诗人走过一条小桥,但见月光照耀下的原野,色彩斑斓;晚风轻拂,云脚飘移,仿佛山石在移动。这一联以幻写真,亦真亦幻,更显出月色的迷离,环境的清寂,造化的神奇。

尾联是抒情,点出全篇主旨。诗人面对友人幽居周围的幽美迷人景色,对隐逸生活无比神往。他在心里说,我暂且离去,不久当会重来,一定不负共同归隐的相约。

贾岛诗的主要风格是僻涩寒瘦,有时字句过于刻意推敲,难免留下斧凿的痕迹。这首诗所写景色可谓清幽奇崛,但诗用白描手法,朴素自然的语言,使人读来流利顺口。诗中"宿""敲""分""移""动"等字,虽经过精心锤炼,但不觉其雕琢,应是贾岛诗中的上乘之作。

【赏析三】

这诗以"鸟宿池边树,僧敲月下门"一联著称。全诗只是抒写了作者走访友人李凝未遇这样一件寻常小事。

首联"闲居少邻并,草径入荒园",诗人用很经济的手法,描写了这一幽居的周围环境:一条杂草遮掩的小路通向荒芜不治的小园;近旁,亦无人家居住。淡淡两笔,十分概括地写了一个"幽"字,暗示出李凝的隐士身份。

"鸟宿池边树,僧敲月下门",是历来传诵的名句。"推敲"两字还有这样的故事:一天,贾岛骑在驴上,忽然得句"鸟宿池边树,僧敲月下门",初拟用"推"字,又思改为"敲"字,在驴背上引手作推敲之势,不觉一头撞到京兆尹韩愈的仪仗队,随即被人押至韩愈面前。贾岛便将作诗得句下字未定的事情说了,韩愈不但没有责备他,反而立马思之良久,对贾岛说:"作'敲'字佳矣。"这样,两人竟做起朋友来。这两句诗,粗看有些费解。难道诗人连夜晚宿在池边树上的鸟都能看到吗?其实,这正见出诗人构思之巧,用心良苦。正由于月光皎洁,万籁俱寂,因此老僧一阵轻微的敲门声,就惊动了宿鸟,或是引起鸟儿一阵不安的躁动,或是鸟从窝中飞出转了个圈,又栖宿巢中了。

作者抓住了这一瞬即逝的现象,来刻画环境之幽静,响中寓静,有出人意料之胜。倘用"推"字,当然没有这样的艺术效果了。

颈联"过桥分野色,移石动云根",是写回归路上所见。过桥是色彩斑斓的原野;晚风轻拂,云脚飘移,仿佛山石在移动。"石"是不会"移"的,诗人用反说,别具神韵。这一切,又都笼罩着一层洁白如银的月色,更显出环境的自然恬淡,幽美迷人。

最后两句是说,我暂时离去,不久当重来,不负共同归隐的约期。前三联都是叙事与写景,最后一联点出诗人心中幽情,托出诗的主旨。正是这种幽雅的处所,悠闲自得的情趣,引起作者对隐逸生活的向往。

诗中的草径、荒园、宿鸟、池树、野色、云根,无一不是寻常所见景物;闲居、敲门、过桥、暂去等等,无一不是寻常的行事。然而诗人偏于寻常处道出了人所未道之境界,语言质朴,冥契自然,而又韵味醇厚。

【赏析四】

诗中是写一过访中感受。虽是未见友人,但由所见清幽之景已感受到友人隐逸之趣了。故诗中以主要笔墨表现友人居处的清幽,其中以鸟、僧的动作表现夜景之幽,形象感强,两句各自成图,又有内在的联系,这就是清静空明的美感,诗意禅心合为一体,诗人是以禅意默读幽景,故能于这两个动作中体味出诗意,并以诗笔将之定格,使之成一个清绝之象。也正是获得了这一美感,诗人才悟出友人的幽趣,并想与之为伴。

忆江上吴处士

闽国扬帆去，蟾蜍亏复圆。
秋风生渭水，落叶满长安。
此地聚会夕，当时雷雨寒。
兰桡殊未返，消息海云端。

【赏析】

这首诗"秋风生渭水，落叶满长安"一联，是贾岛的名句，为后代不少名家引用。如宋代周邦彦《齐天乐》词中的"渭水西风，长安乱叶，空忆诗情宛转"，元代白朴《梧桐雨》杂剧中的"伤心故园，西风渭水，落日长安"，都是化用这两句名句而成的，可见其流传之广，影响之深。

诗是为纪念一位到福建一带去的姓吴的朋友而作。

开头说，朋友坐着船前去福建，很长时间了，却不见他的消息。

接着说自己居住的长安已是深秋时节。强劲的秋风从渭水那边吹来，长安落叶遍地，显出一派萧瑟的景象。

为什么要提到渭水呢？因为渭水就在长安郊外，是送客出发的地方。当日送朋友时，渭水还未有秋风；如今渭水吹着秋风，自然想起分别多时的朋友了。

此刻，诗人忆起和朋友在长安聚会的一段往事："此地聚会夕，当时雷雨寒"——他那回在长安和这位姓吴的朋友聚首谈心，一直谈到很晚。外面忽然下了大雨，雷电交加，震耳炫目，使人感到一阵寒意。这情景还历历在目，一转眼就已是落叶满长安的深秋了。

结尾是一片忆念想望之情。"兰桡殊未返，消息海云端。"由于朋友坐的船还没见回来，自己也无从知道他的消息，只好遥望远天尽处的海云，希望从那儿得到吴处士的一些消息了。

这首诗中间四句言情谋篇都有特色。在感情上，既说出诗人在秋风中怀念朋友的凄冷心情,又忆念两人往昔过从之好;在章法上,既向上挽住了"蟾蜍亏复圆",又向下引出了"兰桡殊未返"。其中"渭水""长安"两句,是此日长安之秋,是此际诗人之情;又在地域上映衬出"闽国"离长安之远(回应开头),以及"海云端"获得消息之不易。细针密缕,处处见出诗人行文构思的缜密严谨。"秋风"二句先叙述离别处的景象,接着"此地"二句逆挽一笔,再倒叙昔日相会之乐,行文曲折,而且笔势也能提挈全诗。全诗把题目中的"忆"字反复勾勒,笔墨厚重饱满,是一首生动自然而又流畅的抒情佳品。

雪晴晚望

倚杖望晴雪,溪云几万重。
樵人归白屋,寒日下危峰。
野火烧冈草,断烟生石松。
却回山寺路,闻打暮天钟。

【赏析】

贾岛长安应举落第,与从弟释无可寄居长安西南圭峰草堂寺。这首诗大约写于此时。诗中展现了时景常情,又写得独行踽踽,空山寒寂,表现出清冷的诗风。

诗题四字概括揭示了全诗内容。诗中有雪,有晴,有晚,有望,画面就在"望"中一步步舒展于读者面前。

"倚杖望晴雪,溪云几万重。"起笔即点出"望"字。薄暮时分,雪霁天晴,诗人乘兴出游,倚着手杖向远处眺望。远山近水,显得更加秀丽素洁。极目遥天,在夕阳斜照下,溪水上空升腾起鱼鳞般的云朵,幻化多姿,几乎多至"万重"!

"樵人归白屋,寒日下危峰","归""下"二字勾勒出山间的生气和动态。在遍山皑皑白雪中,有采樵人沿着隐隐现出的一线羊肠小道,缓缓下山,回到白雪覆盖下的茅舍。白屋的背后则是冷光闪闪、寒日欲下的夕阳。山峰在晚照中显得更加雄奇。樵人初归白屋,寒日欲下危峰,在动静光色的摹写中,透出了如他的诗风那种清冷。

诗人视线又移向另一角度。那边是"野火烧冈草,断烟生石松"。远处山冈上,野草正在燃烧。劲松郁郁苍苍,日暮的烟霭似断断续续生于石松之间,而傲立的古松又冲破烟雾耸向云天。"野火""断烟"是一联远景,它一明一暗,随着时间的推移而变化。"冈草"貌似枯弱,而生命力特别旺盛,"野火"岂能烧尽?"石松"坚操劲节,形象高大纯洁,"断烟"又怎能遮掩?

诗人饱览了远近高低的雪后美景,夜幕渐渐降临,不能再盘桓延伫了。"却回山寺路,闻打暮天钟",在这充满山野情趣的诗境中,骋目娱怀的归途上,诗人清晰地听到山寺响起清越的钟声,平添了更浓郁的诗意。这一收笔,吐露出诗人心灵深处的隐情。贾岛少年为僧,后虽还俗,但屡试不第,仕途偃蹇,此时在落第之后,栖身荒山古寺,暮游之余,恍如倦鸟归巢,听到山寺晚钟,禁不住心潮澎湃。"悟已往之不谏,知来者之可追,实迷途其未远,觉今是而昨非"(陶渊明《归去来辞》),诗人顿萌归来之念了。

为什么这样理解"闻打暮天钟"?就在写这首诗的圭峰草堂寺里,贾岛曾写过一首《送无可上人》,为无可南游庐山西林寺赠别,最后两句云:"终有烟霞约,天台作近邻。"尽管此后贾岛并未去天台山再度为僧,与无可结近邻,但在写诗当时,无疑是起过这种念头的。这应是"闻打暮天钟"一语含义的绝好参证。同时,作者在那首诗"独行潭底影,数息树边身"之下自注云:"二句三年得,一吟双泪流。知音如不赏,归卧故山秋。"这几句在表现苦吟孤傲之中也明言有"归卧故山"的思想。

"闻打暮天钟"作为诗的尾声,又起着点活全诗的妙用。前六句逶迤写来,景色全是静谧的,是望景。七句一转,紧接着一声清脆的暮钟,由视觉转到了听觉。这钟声不仅惊醒默默赏景的诗人,而且钟鸣谷应,使前六句所有景色都随之飞动起来,整个诗境形成了有声有色,活泼的场景。读完末句,回味全诗,总觉绘色绘声,余韵无穷。

中国古典名著精华

宿山寺

众岫耸寒色,精庐向此分。
流星透疏木,走月逆行云。
绝顶人来少,高松鹤不群。
一僧年八十,世事未曾闻。

【赏析一】

清人李怀民著有《中晚唐诗人主客图》,认为中晚唐诗主要有两派,一派学张籍,一派学贾岛。尤其是贾岛诗,影响深远,以至于闻一多先生断言晚唐是贾岛的时代。贾诗对后人的启示,主要在意境和句法上。如被李怀民视为"及门"的郑谷有一首题为《长安夜坐寄怀湖外嵇处士》的诗:"万里念江海,浩然天地秋。风高群木落,夜久数星流。钟绝分宫漏,萤微隔御沟。遥思洞庭上,苇露滴渔舟。"其善于学贾处,除了幽僻的思想,锤炼的字句外,在句子的构成上,也有移植。其中最明显的,就是第二联。它从贾诗"流星透疏木"来,却把一句化为二句,没有亦步亦趋,这是善学习处。但贾诗炼句,有时太过,"透"字"走"字,就有很重的人工痕迹,对后世也有某种不良影响。颈联中的"人"当是俗人,其不接俗人,亦正如仙鹤以松为友,清奇孤高,妙在又是实景。而由于罕有人至,当然也就"世事不曾闻"了。诗中特别点明山僧的年龄,应非虚笔。一个八十岁的老僧,却对世事毫不知晓,那么,其罕接俗人该有多长时间了呢?

【赏析二】

贾岛少年为僧,后虽还俗,但因屡试不第,仕途不遇,他似乎一直未脱离过"僧本位"的思想。在他那以"幽奇寒僻"的风格见长的诗作中,往往蕴含着耐人寻味的禅意。这首诗,堪称其中的佳作。

起笔从视觉形象写起:群峰高耸,翠色浮空,透出一片寒意;诗人投宿的寺院就坐落在群峰环绕的一座山峰的绝顶之上。作者用了水墨画的技法,勾画出山寺孤峙高寒的特点。

三四句具体描绘夜空天体运行的景观。从寺外疏落的树枝空隙之间,看见夜空的流星划过;朵朵轻云,逆着月亮运行的方向飘移,月亮就在云际中游动。作者描绘这种幽清奇丽的景象,极见"推敲"炼字之功。沈德潜评"走月逆行云"说:"顺行云则月隐矣,妙处全在逆字。(《唐诗别裁》)"同样,"流星透疏木"的"透"字与"疏"字也有严密的内在逻辑关系,唯因木之"疏",所以才能"透"出流星来,否则纵有流星划过,为浓厚的枝叶所遮挡,又怎能看见呢?然而这两句的妙处还不止于此,疏木与行云衬托下的流星赶月的自落自行,渲染出空山幽寂清冷的气氛,有力地衬托了山寺的凄冷荒寂。

五至六句从自然景观转入人事议论。"绝顶人来少",是说山寺因在绝顶而人迹罕至,揭示了山寺的远离市尘。"高松鹤不群",写独鹤单栖高松之上。松鹤在古典诗文中,常作为高洁与长寿的象征,现在看到松鹤,自然使人想到植松养鹤之人。这就为下面写寺中高僧作了铺垫。

结尾两句写寺中只有一位八十岁高僧,虽然久经春秋,却一直与世无争。读到这里,回头再看"绝顶""高松"二句,正是展现了具有象征意味的这位僧人的生活环境。推之全诗,可以看出,有此众岫环抱空寂之山,才有此绝顶孤峙之寺,有此绝顶孤峙之寺,才有此超然世外之僧;而身临其境,投宿其寺,亲见其僧者,唯有诗人一人而已。于是,诗人的胸襟可见一斑了。

暮过山村

数里闻寒水,山家少四邻。
怪禽啼旷野,落日恐行人。
初月未终夕,边烽不过秦。
萧条桑柘外,烟火渐相亲。

【赏析】

贾岛以"幽奇寒僻"的风格著称,这一首诗充分体现了他的创作特色。

起句从听觉形象写起。一个秋天的黄昏,诗人路过一座山村,远远便闻到山涧的潺潺流水声——"数里闻寒水"。在"数里"的范围内能清晰地听到细微的水声,可见山区的寂静凄冷。而映在眼帘的是稀稀落落的人家——"山家少四邻"。这一听觉形象和视觉形象相互衬托,生动地渲染出山村的萧索而冷落的氛围。首联点题,作者用淡墨勾勒出一幅荒凉的山村远景。

颔联,重点描摹山区萧瑟阴森的景象:"怪禽啼旷野,落日恐行人。""怪禽"大概是鸱鸮一类的鸟。这种怪禽在荒漠凄寂的旷野上鸣叫,本来就令人闻而惊惶不安;刚好又碰上夕阳下山,山区渐渐暗黑下来,孤单的行人此时此刻自然更加感到不寒而栗。这两句诗写声写色,声色均骇人听闻。诗的境界幽深险僻,自是贾岛本色。

诗人从数里外的旷野走向山村,一路行来,时间不知不觉地过去,夜幕悄悄地拉开。颈联转写夜景:"初月未终夕,边烽不过秦。"边烽,指边境的烽火。唐代边烽有两种:一种是报边境有事的紧急烽火,一种是报平安的烽火。秦,指今陕西南部一带。这两句的意思是说,初升的月亮高悬天空,烽火点燃起来,没有越过秦地,表明这一地区平安无事,山区更显得阒静,安谧。这时候诗人逐渐走近山庄。

尾联即写接近山村时的喜悦感受:"萧条桑柘外,烟火渐相亲。"诗人经过萧疏荒凉的山区旷野,终于隐隐约约地看到山村人家宅边常种的桑柘树和茅舍上升起的袅袅轻烟，内心不禁感到无比的温暖与亲切，先前的惊惧心情渐渐平静下来，转而产生一种欢欣喜悦的感情。结句"烟火渐相亲"，写得极富生活情趣与韵味。诗人对生活的感受相当敏锐，体验深刻，又着意炼句，因此，诗里的心理刻画也显得细致入微而耐人寻味。

诗的布局以"寒水"开始，"烟火"告终，中间历叙旷野中的怪禽、落日、初月、边烽，给人的感受是由寒而暖，从惶恐而至欣慰。山区景物采用移步换景法描绘，随着时间的推移，而不断变动，诗人的情绪也跟着波浪式起伏与发展。这样，诗的格局便显得有波澜，有开阖，寓变化多样于章法井然之中。

诗的形象写得险怪寒瘦，境界幽深奇异，在中唐诗歌中确实别具一格。明胡应麟推崇"浪仙之幽奇"为"五言独造"（《诗薮·内编》卷四）。从风格这一角度上看，这一评语也说得中肯。

送　僧

此生披衲过，在世得身闲。
日午游都市，天寒往华山。
言归文字外，意出有无间。
仙掌云边树，巢禽时出关。

【赏析】

贾岛本为僧人，后来还俗，但对僧人的生活感受较深，对禅的理解也有一定的见地，并同僧人保持着密切的联系。这首诗就是送一位华山僧人的。

诗一开头就形象地揭示了这位僧人的人生态度，在世而不在家，处人间而不为俗事所累。一生是一钵千家饭，孤身万里游，不求其他，无事身自闲。世俗之人，正如孟子所说，鸡鸣则起，孜孜所为不是利，就是义，总之都在忙。僧人身处名利之外，故得"身闲"，无拘无束，也就自由自在。天气晴暖，风和日丽，就到城市里去逛逛；天冷了，即回到华山的禅院去。到哪里和干什么，完全凭自己的兴致，不必听人差遣，多么轻松潇洒，是一副悟道者的模样。

禅宗讲究"不立文字，直指人心"，这位华山僧人也"言归文字外"，掌握了不二之门，飘然超脱于有无之间，似闲云野鹤般超越了人间樊篱、自由自在、远离世人的功利之争。

寄韩潮州愈

此心曾与木兰舟,直到天南潮水头。
隔岭篇章来华岳,出关书信过泷流。
峰悬驿路残云断,海浸城根老树秋。
一夕瘴烟风卷尽,月明初上浪西楼。

【赏析】

贾岛初为僧,好苦吟,由于著名的"推敲"故事,博得当时文苑巨擘韩愈的赏识而还俗应举,所以他与韩愈感情深挚。元和十四年(819年),宪宗迎佛骨,韩愈上表切谏,触怒皇帝,贬为潮州刺史。赴任途中遇侄孙韩湘,写了一首《左迁至蓝关示侄孙湘》,抒发自己的激愤之情。此诗传到京师,贾岛读后有感而作《寄韩潮州愈》诗。

诗一开头就表达了与韩愈不同寻常的交契,流露了一种深情的眷念和神往的心曲。作者说,我的心早与您同乘兰舟,水宿风餐,一直流到岭南韩江潮水的尽头了。两句笔力奇横,体现了忠臣遭斥逐,寒士心不平,甘愿陪同贬官受苦的深厚友情。

中二联直抒别后景况。"篇章"即指韩愈《左迁》一诗。作者说,你这一腔忠愤的"篇章"隔着秦岭传到京师("华岳"指代长安),我怎能不内心共鸣,驰书慰问?当出关驿马驰过泷流,谪贬中的知友就可得到片纸慰藉了。这一联,表明二人正是高山流水,肝胆相照。

愈诗说:"云横秦岭家何在?雪拥蓝关马不前。"贾岛则报以"峰悬驿路残云断,海浸城根老树秋。"这是互诉衷曲之语。"悬""浸"二字,一高一下,富于形象。望不到尽头的驿路,盘山而上,好像悬挂在耸入云霄的峰峦上。

这是途中景况。潮州滨海,海潮浸到城根,地卑洇湿,老树为之含秋。这是到任后的景况。"峰悬驿路"是写道路险阻;"海浸城根"则说处境凄苦。"残云断"内含人虽隔断,两心相连之意;"老树秋"则有"树犹如此,人何以堪"之慨。在景物烘托中透露作者深沉的关切心情。

写到第三联,已把坚如磐石的友情推到绝顶,诗的境界也达到了高峰。第四联则宕开一笔,别开生面:"一夕瘴烟风卷尽,月明初上浪西楼。"南方山林间湿热蒸郁,能致人疾疫的瘴气,总有一天会像风卷残云那样一扫而光。到那时,皓月东升,银光朗照在潮州浪西楼上,整个大地也将变成琼玉般的银装世界了。月光如洗,天下昭然,友人无辜遭贬的冤屈,自将大白于天下。这里针对韩愈"好收吾骨瘴江边"一语,一反其意,以美好的憧憬结束全诗。

此诗首联写意,次联写实,三联写悬想,尾联写祝愿,而通篇又以"此心"二字为契机,抒写了深挚的友情。八句诗直如清澄的泉水,字字句句均从丹田流出。诗的语言酷似韩愈《左迁》一诗的和诗,真是"同心之言,其臭如兰"。

赠梁浦秀才斑竹拄杖

拣得林中最细枝,结根石上长身迟。
莫嫌滴沥红斑少,恰似湘妃泪尽时。

【赏析】

诗人以一枝斑竹赠给友人作手杖,顺手写下这首小诗。梁浦秀才,生平不详。贾岛诗风尚平淡,多写身边之事,或描绘自然风景,但能于平淡中写出隽永的意味,令人回味无穷。此诗便是一例。

诗之前二句写斑竹拄杖之由来。遍山绿竹,遍地修篁,并不是每一根都是适宜做手杖的材料。它须经过一番精心的选择。"拣得林中"四字,出语平淡,但却反映了诗人找遍竹林的过程,而他对友人的一往情深,也正包含在这一过程之中。他最后拣得最细的一枝,方才心满意足。"拣得"之"得"字,"最细枝"之"最"字,似乎洋溢着喜悦之情。也许他应当马上拿回去做成拄杖,以送给友人。但他却盘桓竹下,揣摩此竹何以特别细的原因,得出了"结根石上长身迟"的结论。原来竹子的根生在石头的罅隙中,土壤无多,养分不足,所以长得很慢、很细。诗人何以作这般细致的分析,古人谓填词需用一些浅语、俚语、痴语、闲谈语、无理语、没要紧语。诗词同理,小诗尤似小词,加上这样的闲语、痴语,正可以增添情趣。贾岛此种手法,盖从王摩诘来,前人曾云:"王维辋川诸诗,近事浅语,发于天然。郊、岛辈十驾何用?"虽系小词,谓其学而未工,但总是学到了一些,此诗便带有"近事浅语,出于天然"的意味。

诗之后二句,较为秾丽,原因在于用典。"莫嫌滴沥红斑少",似宕开一句,其实仍承前句意脉,并照应题意。就其语气而言,则又似对友人说话,其中含有一种抱歉的心情,希望给予谅解。"红斑"事见《博物志史补》,云:"尧之二女,舜之二妃,曰湘夫人。舜崩,二妃啼,以涕挥竹,尽斑。"《红楼梦》第三十七回也说:"当日娥皇、女英,洒泪在竹上成斑,故今斑竹又称湘妃竹。"原来这枝斑竹,带有如此美丽的神话传说,以之作杖赠友,愈见其情谊之深切。竹上斑少,是由于"湘妃泪尽",此盖伤心之事,然却以淡语出之。在此情况下,谁还能嫌弃这枝斑竹呢?友人自然无话可说了。这两句语淡而意深,似乎藏有机锋,它叫友人再也推辞不得,只好将拄杖收下。诗人高妙之构思,令人惊叹。

题兴化寺园亭

破却千家作一池,不栽桃李种蔷薇。
蔷薇花落秋风起,荆棘满庭君始知。

【赏析】

孟启《本事诗·怨愤》说:"岛《题兴化寺园亭》以刺裴度。"文宗时裴度进位中书令,大肆修造兴化寺亭园。此诗反映了中唐"富者兼地万亩,贫者无容足之居"的社会现实。

俗语说,整纸画鼻,脸面可知。诗的开头,便运用了这样的构思方法。"破却千家作一池"。池,只不过是兴化寺园亭中的一个小小局部,却要"破却千家";那么整个园亭究竟要"破却"多少人家? 它的规模之大不是可想而知了吗! 整个园亭中的假山真水,奇树异花,幽径画廊,自然是景随步移,笔难尽述。但诗人对那些却一概从略,而只抓住"不栽桃李种蔷薇"一点,这一点抓得好。第一,它反映了贫富的心理殊异。在食不果腹、家无垄亩的贫者看来,那么好的土地,种成庄稼该有多好? 即使为了观赏,起码该种桃李。桃李春华秋实,能看能吃,却弃之不种,蔷薇华而不实,无补于用,却偏偏要种,岂非一怪? 其实,这种"怪"事在奢靡的上层社会所在多有,如聂夷中的《公子行》:"种花满西园,花发青楼道。花下一禾生,去之为恶草。"同样是反映耕者与有闲阶级心理的迥别。这"怪"字的背后,显然暗藏着一个"奢"字。第二,这一句也是为表现诗的题旨张本。《韩诗外传》卷七说:"春种桃李者,夏得阴其下,秋得其实。春种蒺藜者,夏不可采其叶,秋得其刺焉。"这大概便是诗的题旨所本。而诗的妙处却在于,作者接"种蔷薇"的茬儿,将题旨拈连带出:"蔷薇花落秋风起,荆棘满园君自知",表面是写秋后将出现的园景,实则指出了聚敛定要出现的后果;以"种花"拈连"栽刺",拟聚敛定有的可悲下场,自然而又贴切。最后一句,蕴藉含蓄,讽喻之意,溢于言外。

本篇以家常语,从眼前物中提炼出讥消聚敛、讽嘲权贵的题旨,是很难得的。在艺术上,巧而不华,素淡中寓深意,也是本诗的可取之处。

寻隐者不遇

松下问童子，言师采药去。
只在此山中，云深不知处。

【赏析一】

　　这是一首问答诗，但诗人采用了寓问于答的手法，把寻访不遇的焦急心情，描摹得淋漓尽致。其言繁，其笔简，情深意切，白描无华。以白云比隐者的高洁，以苍松喻隐者的风骨。写寻访不遇，愈衬出钦慕高仰。这首诗有人认为是孙革所作，题为《访夏尊师》。

【赏析二】

　　此诗一问一答，朴实自然。读着即可想见：在云雾缭绕的苍翠里，茅屋前，松树下，如在眼前的山中的情景。隐者就是隐者，洒脱飘然：远离亲朋，避开好友，孑然自处，身背挎篓，手拿采具，登云伴雾，临崖攀壁，然而，在白云生处的那一方天下出没，却不得而知，使翻岭越涧的拜访者，慕而怅然。"只在此山中，云深不知处。"平实中的高雅，令读者倾叹。

　　浩如烟海的唐诗，从各种体式里仅选出了三百余首，是唐以来近千年公认的精品。贾岛此诗占有一席，珍贵之至。以"推敲"典故扬名的贾岛，倒是以此不事雕饰的作品脍炙人口，会给我们更深的思考和启示。

【赏析三】

　　诗人贾岛是唐朝著名的"苦吟"诗人。这就是说，他的作品都是在仔细琢磨了很多遍，甚至是推敲了每一个字的具体用法之后，才苦苦地"吟"出的。这样的作品，一般被认为是缺少激情的。但是《寻隐者不遇》这首诗，通过了诗人与童子之间的一问一答，写出了一种独特的韵味。诗人去隐者居住的大山之中"寻"隐者，"松下问童子"就是自然的。第一句，就是写诗人的"问"，但是问了什么话,诗中并没有介绍。从第二句的童子所回答的"师采药去"中,读者可以想见,当时在松树下所问必然是"师何处去"。小童子回答的"师采药去",其实也从一方面勾勒出诗人来拜访的那位"隐者",实在是一位清高的智者。接下来的第三句诗,还是用童子的回答,又把诗人询问的"采药在何处"这一问省略掉了,而以"只在此山中"作为肯定的回答。最后的第四句"云深不知处",则是童子的补充的回答,一定是为回答诗人所询问的"山中在何方",隐者到底在这大山之中的什么地方采药的问题。如果以整篇的问答作为诗句,那么诗人和童子之间的对话应该有六到八句才能表达清楚。但是贾岛采用以答代问的方法,精简诗篇为二十个字,实在高明。这三次问答是逐渐深入的,表达的情感更是有起有伏。"松下问童子"时,心情轻快,充满希望;"言师采药去",隐者外出,希望变失望;"只在此山中",忽然又使诗人萌生一丝希望;"云深不知处",则使诗人无可奈何了。起起伏伏,使全诗充满了一种不寻常的韵味。

【赏析四】

  告别了初唐的迷茫,经历了盛唐的繁昌,更是熬过了大历的萎靡,大唐文学真正进入了一个深思、调整的阶段。那时的孟郊正以一种阴暗的五古,咒骂着世道人心;那时的韩愈正扯着洪亮的嗓子,向佛老挑衅;那时的白居易、元稹等人正借着一种律动的乐府,向朝廷控诉社会各阶层的种种悲剧,而也正在那时,年轻的贾岛却独自躲在幽静的禅房里,远远地做着诗,默默地舔着自己受伤的心灵,找寻自己熟悉的记忆。

  记得一位哲人说过:"一个人的前半辈子往往是能影响他一生的。"于是,我们委实不该忘记贾浪仙曾一度是僧无本。也由此,对于贾岛而言,即便他已然还俗,即便他已是公安县的七品县令,可他内心中一切属于人生背面的、消极的、与常情背道而驰的趣味却依然可以溯源到其早年禅房里苦读佛经的情景。此时的贾岛,形貌上虽已是个孔子门生,骨子里只怕仍是个佛家子弟。于是,《阆仙集》中便有了"月落看心次,云生闭目中",便有了"独行潭底影,数息树边身",便有了"写留行道影,焚却坐禅身",也便有了这首颇有禅意的《寻隐者不遇》。

  诗乍读,很容易被其风格上的朴实,平静所迷惑。然而再读之后,你就会觉出那实是一种"叫人上当了的朴素。"这是一首表面平静,内心焦灼的诗,如果只读出了一种平静,就完全读丢了这首诗的精髓。

贾岛诗集

全诗的第一句，那犹如国画中写意画一般淡泊的笔触，蜻蜓点水、了无痕迹。色彩简洁得近乎透明：诗人兴冲冲地跑了来，不远万里，跋山涉水，遇见了松下的童子，终于抵达目的地了，千难万险，就为此时。他满怀希望地跑上前去："你师傅在吗？"短短一问，看似平淡，却已然囊尽了旅途坎坷与艰辛、抵达目的地之喜悦、欲见隐者之期冀以及恐怕寻之不得的忧虑。一切的一切，都激烈地撞击着"寻隐者"这个主题，余音绕梁，不绝于耳……

可惜，小童回答干脆又无情："不在，采药去了。"我们可以想象诗人听到这句话时的错愕神情。仿佛一个热恋中的男子突然被告知女友已背弃旧约，另谋新欢，你能体会他此刻的感受。为了这次不平常的遇见，想来我们的诗人早已渴盼良久，并已进行了诸多准备吧。霎时间，多年来的苦熬仿佛都失去了其存在的意义，一切的准备似乎都已付诸流水。这两句，诗人在笔法上处理得十分平淡。而在平淡之下，我们可以感到其中鲜明的对比和极大的反差。此情此景，不由使人想起了刘玄德三顾诸葛孔明，齐桓公五访东郭野人。

事实上，我还想起了阮籍和他笔下的大人先生。考虑到贾岛的佛家心性，他这么风尘仆仆、紧赶慢赶地来见这位江海之士，想来是出于与阮籍登广武山一样的目的——向真正的智者探索人生之真谛与宇宙之奥秘吧。可惜他没有阮步兵那样的好运气，连面也不得一见，委实憾莫大焉，这恐怕就是所谓的命运或人生，倒正应了那句"天下不如意事常八九"的老话。其实，不仅是贾岛，相信每个人的一生中总会有这种苦苦追寻却仍不可得的瞬间：对某个爱情的追寻却终无缘秦晋；对某项事业的执着追求却仍功亏一篑。人生最关键、最不知所措、最宿命的时刻即在于斯。因此，对于这首诗，在你多读几遍之后，就可以体会到这后两句中所体现出的深深的焦虑来。

诗人又问："他去哪里了？"

答曰："就在这山里。"

再问："你帮我去找找吧。"

又答："山大云深，哪里找得着啊？"

这后两句蕴涵着两问两答，诗人的心情变化通过这问答，曲折含蓄地表现了出来：诗人的一问，是其错愕心情的惯性反映，他还残存着微弱的希望。当童子回答他"只在此山中"时，诗人的心中又陡然升起了一股希望，"就在这山里啊，找找还可以找着地。"但是"云深不知处"，诗人又从刚升起的希望中掉入了更大的失望。这又是一个反差，且其烈度更甚于前，如果说由于诗人刻意平淡的笔触使你对前者无动于衷的话,此时你可以真正感受到蛰伏在全诗之中的那种希望与失望间不可调和的矛盾了:他就在那儿,可你无法知道。人生之哀,莫大于此!其实,从全诗所采用的意象来看,早已略略暗示出此次造访的失败了。此处山气氤氲,松竹遍野,已俨然是九天之所,而非人间之居!贾公啊贾公,你一介凡夫俗子怎会有可能见到仙人呢?佛门最讲究一个"缘"字,无缘,即便再天资聪颖,亦难成正果。这是一个残酷但不得不承认的事实。好了,贾兄,回去吧,该干什么干什么去吧。盈虚在彼,安可强哉?事实上,只要对这后两句深想,你就会觉出一种旷世的疑虑来,这几乎道出了我们面对这个世界时的惆怅。诗人故意把语调处理得很平缓,使自己内心的焦灼埋藏得很深,甚至用一种轻松来掩盖。这样的写法,举重若轻,就仿佛平日到一个普通人家里做客,可惜主人不在,没去成那种感觉。就气魄而言,这才是不动声色的最大气魄!

在文学史上,贾岛历来是以苦吟诗人闻名的,他曾用"两句三年得,一吟双泪流。"描写自己苦觅佳句的情形。其诗感受细致,想象奇特,然而,由于过于专注于一字一句的推敲,诗歌的自然浑成的意境便常常遭到忽略。是以司空图曾评其诗:"诚有警句,视其全篇,意思殊馁。",苏东坡也拈出"岛瘦"二字来评价贾诗的风格孤峭,诗境狭窄。不过,贾岛这首《寻隐者不遇》却着实是个例外,该诗的语句相当质朴,乃至有些简陋,可整个诗境上的功夫却浑然天成,可见对于一个诗人的风格,是不能一概而论的。

其实关于"质朴"这一点,在古典诗歌创作里早已有之了——无一句是诗,无一句不是诗。那些大师将全部心思都放在诗意的经营上了,他们对于表面形式感的句子反而回避。他们可以使整首诗的语言了无痕迹,不需要精彩,避免引人注意,但整首诗总体的经营上却是大下功夫的。使诗不仅有情,更要传神。所谓"炼词不如炼句,炼句不如炼意。"用这话来理解贾岛这首诗应该更为准确。

在此诗中,作者给予了读者一个十分广阔的空间,以供我们驰骋无边的想象。譬如,诗人所谓的这种追寻有何象征的意义?整个追寻的过程是否会有结果?而第二句中那个神秘的"药"字,究竟指代什么?它是否暗藏着诗人某种隐秘的指示呢?……诸如此类的这些问题以及在更深层次对于此诗的理解,事实上已十分接近于禅宗的"梵"了。凡此种种,诗人并没有提供翔实的答案,他只是给我们的审美的再创造提供了一块天地,任我们天马行空,遨游寰宇。其实,在"只在此山中,云深不知处。"这两句中,我们便能从反面读出人生的艰辛来,同时也能感受诗人在哲学意义上对人生的思索和探寻,这就更使人认识到这首小诗的真实与积极!

一百个人有一百个哈姆雷特,对一首诗的理解,有时会越来越丰富,也因人因时而有所改变,有人说:"一首好诗,大概要花一生来阅读。"古典诗歌真正的魅力也在于此:需要时间流逝,也经得起时间的流逝!

【赏析五】

贾岛是以"推敲"两字出名的苦吟诗人。一般认为他只是在用字方面下功夫,其实他的"推敲"不仅着眼于锤字炼句,在谋篇构思方面也是同样煞费苦心的。此诗就是一个例证。

这首诗的特点是寓问于答。"松下问童子",必有所问,而这里把问话省略了,只从童子所答"师采药去"这四个字而可想见当时松下所问是"师往何处去"。接着又把"采药在何处"这一问句省掉,而以"只在此山中"的童子答辞,把问句隐括在内。最后一句"云深不知处",又是童子答复对方采药究竟在山前、山后、山顶、山脚的问题。明明三番问答,至少须六句方能表达的,贾岛采用了以答句包含问句的手法,精简为二十字。这种"推敲"就不在一字一句间了。

然而,这首诗的成功,不仅在于简练;单言繁简,还不足以说明它的妙处。诗贵善于抒情。这首诗的抒情特色是在平淡中见深沉。一般访友,问知他出,也就自然扫兴而返了。但这首诗中,一问之后并不罢休,又继之以二问三问,其言甚繁,而其笔则简,以简笔写繁情,益见其情深与情切。而且这三番答问,逐层深入,表达感情有起有伏。"松下问童子"时,心情轻快,满怀希望;"言师采药去",答非所问,一坠而为失望;"只在此山中",在失望中又萌生了一线希望;及至最后一答:"云深不知处",就惘然若失,无可奈何了。

然而诗的抒情要凭借艺术形象,要讲究色调。从表面看,这首诗似乎不着一色,白描无华,是淡妆而非浓抹。其实它的造型自然,色彩鲜明,浓淡相宜。郁郁青松,悠悠白云,这青与白,这松与云,它的形象与色调恰和云山深处的隐者身份相符。而且未见隐者先见其画,青翠挺立中隐含无限生机;而后却见茫茫白云,深邃杳霭,捉摸无从,令人起秋水伊人无处可寻的浮想。从造型的递变,色调的先后中也映衬出作者感情的与物转移。

诗中隐者采药为生,济世活人,是一个真隐士。所以贾岛对他有高山仰止的钦慕之情。诗中白云显其高洁,苍松赞其风骨,写景中也含有比兴之义。唯其如此,钦慕而不遇,就更突出其怅惘之情了。

中国古典名著精华

卷二　泛读篇目

古　意

碌碌复碌碌，百年双转毂。
志士终夜心，良马白日足。
俱为不等闲，谁是知音目。
眼中两行泪，曾吊三献玉。

望　山

南山三十里，不见逾一旬。
冒雨时立望，望之如朋亲。
虬龙一掬波，洗荡千万春。
日日雨不断，愁杀望山人。
天事不可长，劲风来如奔。
阴霾一以扫，浩翠写国门。
长安百万家，家家张屏新。
谁家最好山，我愿为其邻。

北岳庙

天地有五岳，恒岳居其北。
岩峦叠万重，诡怪浩难测。
人来不敢入，祠宇白日黑。

有时起霖雨，一洒天地德。
神兮安在哉，永康我王国。

朝 饥

市中有樵山，此舍朝无烟。
井底有甘泉，釜中乃空然。
我要见白日，雪来塞青天。
坐闻西床琴，冻折两三弦。
饥莫诣他门，古人有拙言。

哭卢仝

贤人无官死，不亲者亦悲。
空令古鬼哭，更得新邻比。
平生四十年，惟著白布衣。
天子未辟召，地府谁来追。
长安有交友，托孤遽弃移。
冢侧志石短，文字行参差。
无钱买松栽，自生蒿草枝。
在日赠我文，泪流把读时。
从兹加敬重，深藏恐失遗。

口 号

中夜忽自起，汲此百尺泉。
林木含白露，星斗在青天。

贾岛诗集

斋 中

眈静非谬为,本性实疏索。
斋中一就枕,不觉白日落。
低扉碍轩辔,寡德谢接诺。
丛菊在墙阴,秋穷未开萼。
所餐类病马,动影似移岳。
欲驻迫逃衰,岂殊辞绠缚。
已见饱时雨,应丰蔬与药。

感 秋

商气飒已来,岁华又虚掷。
朝云藏奇峰,暮雨洒疏滴。
几蜩嘿凉叶,数蚕思阴壁。
落日空馆中,归心远山碧。
昔人多秋感,今人何异昔。
四序驰百年,玄发坐成白。
喧喧徇声利,扰扰同辙迹。
侻无世上怀,去偃松下石。

玩 月

寒月破东北,贾生立西南。
西南立倚何,立倚青青杉。
近月有数星,星名未详谙。

但爱杉倚月,我倚杉为三。
月乃不上杉,上杉难相参。
眙愕子细视,睛瞳桂枝劚。
目常有热疾,久视无烦炎。
以手扪衣裳,零露已濡沾。
久立双足冻,时向股髀淹。
立久病足折,兀然鳔胶粘。
他人应已睡,转喜此景恬。
此景亦胡及,而我苦淫耽。
无异市井人,见金不知廉。
不知此夜中,几人同无厌。
待得上顶看,未拟归枕函。
强步望寝斋,步步情不堪。
步到竹丛西,东望如隔帘。
却坐竹丛外,清思刮幽潜。
量知爱月人,身愿化为蟾。

辞二知己

一双千岁鹤,立别孤翔鸿。
波岛忽已暮,海雨寒濛濛。
离人闻美弹,亦与哀弹同。
况兹切切弄,绕彼行行躬。
云飞北岳碧,火息西山红。
何以代远诚,折芳腊雪中。

贾岛诗集

义雀行和朱评事

玄鸟雄雌俱,春雷惊蛰馀。
口衔黄河泥,空即翔天隅。
一夕皆莫归,哓哓遗众雏。
双雀抱仁义,哺食劳劬劬。
雏既逦迤飞,云间声相呼。
燕雀虽微类,感愧诚不殊。
禽贤难自彰,幸得主人书。

宿悬泉驿

晓行沥水楼,暮到悬泉驿。
林月值云遮,山灯照愁寂。

辩　士

辩士多毁訾,不闻谈己非。
猛虎恣杀暴,未尝啖妻儿。
此理天所感,所感当问谁。
求食饲雏禽,吐出美言词。
善哉君子人,扬光掩瑕疵。

不　欺

上不欺星辰，下不欺鬼神。
知心两如此，然后何所陈。
食鱼味在鲜，食蓼味在辛。
掘井须到流，结交须到头。
此语诚不谬，敌君三万秋。

绝　句

海底有明月，圆于天上轮。
得之一寸光，可买千里春。

寓　兴

莫居暗室中，开目闭目同。
莫趋碧霄路，容飞不容步。
暗室未可居，碧霄未可趋。
劝君跨仙鹤，日下云为衢。

游　仙

借得孤鹤骑，高近金乌飞。
掬河洗老貌，照月生光辉。
天中鹤路直，天尽鹤一息。

归来不骑鹤，身自有羽翼。
若人无仙骨，芝术徒烦食。

枕上吟

夜长忆白日，枕上吟千诗。
何当苦寒气，忽被东风吹。
冰开鱼龙别，天波殊路岐。

双鱼谣

天河堕双鲂，飞我庭中央。
掌握尺馀雪，劈开肠有璜。
见令馋舌短，烹绕邻舍香。
一得古诗字，与玉含异藏。

易水怀古

荆卿重虚死，节烈书前史。
我叹方寸心，谁论一时事。
至今易水桥，寒风分萧萧。
易水流得尽，荆卿名不消。

早 起

北客入西京,北雁再离北。
秋寝独前兴,天梭星落织。
耽玩馀恬爽,顾盼轻疴力。
旅途少颜尽,明镜劝仙食。
出门路纵横,张家路最直。
昨夜梦见书,张家厅上壁。

客 喜

客喜非实喜,客悲非实悲。
百回信到家,未当身一归。
未归长嗟愁,嗟愁填中怀。
开口吐愁声,还却入耳来。
常恐泪滴多,自损两目辉。
鬓边虽有丝,不堪织寒衣。

延寿里精舍寓居

旅托避华馆,荒楼遂愚慵。
短庭无繁植,珍果春亦浓。
侧庐废扃枢,纤魄时卧逢。
耳目乃廓井,肺肝即岩峰。
汲泉饮酌馀,见我闲静容。
霜蹊犹舒英,寒蝶断来踪。
双屦与谁逐,一寻青瘦筇。

赠智朗禅师

上人分明见,玉兔潭底没。
上人光惨貌,古来恨峭发。
涕辞孔颜庙,笑访禅寂室。
步随青山影,坐学白塔骨。
解听无弄琴,不礼有身佛。
欲问师何之,忽与我相别。
率赋赠远言,言惭非子曰。

送沈秀才下第东归

曲言恶者谁,悦耳如弹丝。
直言好者谁,刺耳如长锥。
沈生才俊秀,心肠无邪欺。
君子忌苟合,择交如求师。
毁出疾夫口,腾入礼部闱。
下第子不耻,遗才人耻之。
东归家室远,掉缮时参差。
浙云近吴见,汴柳接楚垂。
明年春光别,回首不复疑。

酬栖上人

夜久城馆闲,情幽出在山。
新月有微辉,朗朗空庭间。

处世虽识机，伊余多掩关。
松姿度腊见，篱药知春还。
静览冰雪词，厚为酬赠颜。
东林有踯躅，脱屣期共攀。

冬月长安雨中见终南雪

秋节新巳尽，雨疏露山雪。
西峰稍觉明，残滴犹未绝。
气侵瀑布水，冻著白云穴。
今朝灞浐雁，何夕潇湘月。
想彼石房人，对雪扉不闭。

寄孟协律

我有吊古泣，不泣向路岐。
挥泪洒暮天，滴著桂树枝。
别后冬节至，离心北风吹。
坐孤雪扉夕，泉落石桥时。
不惊猛虎啸，难辱君子词。
欲酬空觉老，无以堪远持。
岧峣倚角窗，王屋悬清思。

和刘涵

京官始云满，野人依旧闲。
闭扉一亩居，中有古风还。

市井日巳午，幽窗梦南山。
乔木覆北斋，有鸟鸣其间。
前日远岳僧，来时与开关。
新题惊我瘦，窥镜见丑颜。
陶情惜清澹，此意复谁攀。

明月山怀独孤崇鱼琢

明月长在目，明月长在心。
在心复在目，何得稀去寻。
试望明月人，孟夏树蔽岑。
想彼叹此怀，乐喧忘幽林。
乡本北岳外，悔恨东夷深。
愿缩地脉还，岂待天恩临。
非不渴隐秀，却嫌他事侵。
或云岳楼钟，来绕草堂吟。
当从令尹后，再往步柏林。

投张太祝

风骨高更老，向春初阳葩。
泠泠月下韵，一一落海涯。
有子不敢和，一听千叹嗟。
身卧东北泥，魂挂西南霞。
手把一枝栗，往轻觉程赊。
水天朔方色，暖日嵩根花。
达闲幽栖山，遣寻种药家。
欲买双琼瑶，惭无一木瓜。

咏韩氏二子

千岩一尺璧,八月十五夕。
清露堕桂花,白鸟舞虚碧。

送　别

丈夫未得意,行行且低眉。
素琴弹复弹,会有知音知。

携新文诣张籍韩愈途中成

袖有新成诗,欲见张韩老。
青竹未生翼,一步万里道。
仰望青冥天,云雪压我脑。
失却终南山,惆怅满怀抱。
安得西北风,身愿变蓬草。
地只闻此语,突出惊我倒。

上谷送客游江湖

莫叹迢递分,何殊咫尺别。
江楼到夜登,还见南台月。

重酬姚少府

隙月斜枕旁，讽咏夏贻什。
如今何时节，虫虺亦已蛰。
答迟礼涉傲，抱疾思加涩。
仆本胡为者，衔肩贡客集。
茫然九州内，譬如一锥立。
欺暗少此怀，自明曾沥泣。
量无趫勇士，诚欲戈矛戢。
原阁期跻攀，潭舫偶俱入。
深斋竹木合，毕夕风雨急。
俸利沐均分，价称烦嘘噏。
百篇见删罢，一命嗟未及。
沧浪愚将还，知音激所习。

投孟郊

月中有孤芳，天下聆薰风。
江南有高唱，海北初来通。
容飘清冷馀，自蕴襟抱中。
止息乃流溢，推寻却冥濛。
我知雪山子，谒彼偈句空。
必竟获所实，尔焉遂深衷。
录之孤灯前，犹恨百首终。
一吟动狂机，万疾辞顽躬。
生平面未交，永夕梦辄同。
叙诘谁君师，讵言无吾宗。

余求履其迹，君曰可但攻。
啜波肠易饱，揖险神难从。
前岁曾入洛，差池阻从龙。
萍家复从赵，云思长萦萦。
嵩海每可诣，长途追再穷。
原倾肺肠事，尽入焦梧桐。

代边将

持戈簇边日，战罢浮云收。
露草泣寒霁，夜泉鸣陇头。
三尺握中铁，气冲星斗牛。
报国不拘贵，愤将平虏雠。

寄刘栖楚

趋走与偃卧，去就自殊分。
当窗一重树，上有万里云。
离披不相顾，仿佛类人群。
友生去更远，来书绝如焚。
蝉吟我为听，我歌蝉岂闻。
岁暮傥旋归，晤言桂氛氲。

寄丘儒

地近轻数见，地远重一面。
一面如何重，重甚珍宝片。

自经失欢笑，几度腾霜霰。
此心镇悬悬，天象固回转。
长安秋风高，子在东甸县。
仪形信寂寞，风雨岂乖间。
凭人报消息，何易凭笔砚。
俱不尽我心，终须对君宴。

送陈商

古道长荆棘，新岐路交横。
君于荒榛中，寻得古辙行。
足踏圣人路，貌端禅士形。
我曾接夜谈，似听讲一经。
联翩曾数举，昨登高第名。
釜底绝烟火，晓行皇帝京。
上客远府游，主人须目明。
青云别青山，何日复可升。

送张校书季霞

从京去容州，马在船上多。
容州几千里，直傍青天涯。
掌记试校书，未称高词华。
义往不可屈，出家如入家。
城市七月初，热与夏未差。
饯君到野地，秋凉满山坡。
南境异北候，风起无尘沙。
秦吟宿楚泽，海酒落桂花。
暂醉即还醒，彼土生桂茶。

寄友人

同人半年别,一别寂来音。
赖有别时文,相思时一吟。
我常倦投迹,君亦知此衿。
笔砚且勿弃,苏张曾陆沉。
但存舌在口,当冀身遂心。
君看明月夜,松桂寒森森。

答王参

寸晷不相待,四时互如竞。
客思先觉秋,虫声苦知暝。
霜松积旧翠,露月团如镜。
诗负属景同,琴孤坐堂听。
相期黄菊节,别约红桃径。
每把式微篇,临风一长咏。

延康吟

寄居延寿里,为与延康邻。
不爱延康里,爱此里中人。
人非十年故,人非九族亲。
人有不朽语,得之烟山春。

戏赠友人

一日不作诗,心源如废井。
笔砚为辘轳,吟咏作縻绠。
朝来重汲引,依旧得清冷。
书赠同怀人,词中多苦辛。

寓　兴

真集道方至,貌殊妒还多。
山泉入城池,自然生浑波。
今时出古言,在众翻为讹。
有琴含正韵,知音者如何。
一生足感激,世言忽嵯峨。
不得市井味,思响吾岩阿。
浮华岂我事,日月徒蹉跎。
旷哉颍阳风,千载无其他。

怀郑从志

西风吹阴云,雨雪半夜收。
忽忆天涯人,起看斗与牛。
故人别二年,我意如百秋。
音信两杳杳,谁云昔绸缪。
平明一封书,寄向东北舟。
翩翩春归鸟,会自为匹俦。

易州登龙兴寺楼望郡北高峰

郡北最高峰,巉岩绝云路。
朝来上楼望,稍觉得幽趣。
朦胧碧烟里,群岭若相附。
何时一登陟,万物皆下顾。

送郑山人游江湖

南游衡岳上,东往天台里。
足蹑华顶峰,目观沧海水。

就峰公宿

河出鸟宿后,萤火白露中。
上人坐不倚,共我论量空。
残月华晻暧,远水响玲珑。
尔时无了梦,兹宵方未穷。

刘景阳东斋

松阴连竹影,中有芜苔井。
清风此地多,白日空自永。
景阳公干孙,诗句得真景。
劝我不须归,月出东斋静。

对 菊

九日不出门，十日见黄菊。
灼灼尚繁英，美人无消息。

送集文上人游方

来从道陵井，双木溪边会。
分首芳草时，远意青天外。
此游诣几岳，嵩华衡恒泰。

题岸上人郡内闲居

静向方寸求，不居山嶂幽。
池开菡萏香，门闭莓苔秋。
金玉重四句，秕糠轻九流。
炉烟上乔木，钟磬下危楼。
手种一株松，贞心与师俦。

游 子

游子喜乡远，非吾忆归庐。
谁知奔他山，自欲早旋车。
朝赏暮已足，图归愿无馀。
当期附鹏翼，未偶方踌躇。

寄山中王参

我看岳西云，君看岳北月。
长怀燕城南，相送十里别。
别来千余日，日日忆不歇。
远寄一纸书，数字论白发。

送汲鹏

淮南卧理后，复逢君姓汲。
文采非寻常，志愿期卓立。
深江东泛舟，夕阳眺原隰。
夏夜言诗会，往往追不及。

寄令狐相公

策杖驰山驿，逢人问梓州。
长江那可到，行客替生愁。

哭柏岩和尚

苔覆石床新，师曾占几春。
写留行道影，焚却坐禅身。
塔院关松雪，经房锁隙尘。
自嫌双泪下，不是解空人。

山中道士

头发梳千下，休粮带瘦容。
养雏成大鹤，种子作高松。
白石通宵煮，寒泉尽日春。
不曾离隐处，那得世人逢。

就可公宿

十里寻幽寺，寒流数派分。
僧同雪夜坐，雁向草堂闻。
静语终灯焰，馀生许峤云。
由来多抱疾，声不达明君。

旅　游

此心非一事，书札若为传。
旧国别多日，故人无少年。
空巢霜叶落，疏牖水萤穿。
留得林僧宿，中宵坐默然。

送邹明府游灵武

曾宰西畿县，三年马不肥。
债多平剑与，官满载书归。

边雪藏行径，林风透卧衣。
灵州听晓角，客馆未开扉。

题皇甫荀蓝田厅

任官经一年，县与玉峰连。
竹笼拾山果，瓦瓶担石泉。
客归秋雨后，印锁暮钟前。
久别丹阳浦，时时梦钓船。

赠王将军

宿卫炉烟近，除书墨未干。
马曾金镞中，身有宝刀瘢。
父子同时捷，君王画阵看。
何当为外帅，白日出长安。

下　第

下第只空囊，如何住帝乡。
杏园啼百舌，谁醉在花傍。
泪落故山远，病来春草长。
知音逢岂易，孤棹负三湘。

寄贺兰朋吉

往往东林下，花香似火焚。
故园从小别，夜雨近秋闻。
野菜连寒水，枯株簇古坟。
泛舟同远客，寻寺入幽云。
斜日扉多掩，荒田径细分。
相思蝉几处，偶坐蝶成群。
会宿曾论道，登高省议文。
苦吟遥可想，边叶向纷纷。

忆吴处士

半夜长安雨，灯前越客吟。
孤舟行一月，万水与千岑。
岛屿夏云起，汀洲芳草深。
何当折松叶，拂石剸溪阴。

哭孟郊

身死声名在，多应万古传。
寡妻无子息，破宅带林泉。
冢近登山道，诗随过海船。
故人相吊后，斜日下寒天。

送崔定

未知游子意，何不避炎蒸。
几日到汉水，新蝉鸣杜陵。
秋江待得月，夜语恨无僧。
巴峡吟过否，连天十二层。

寄白阁默公

已知归白阁，山远晚晴看。
石室人心静，冰潭月影残。
微云分片灭，古木落薪干。
后夜谁闻磬，西峰绝顶寒。

雨后宿刘司马池上

蓝溪秋漱玉，此地涨清澄。
芦苇声兼雨，芰荷香绕灯。
岸头秦古道，亭面汉荒陵。
静想泉根本，幽崖落几层。

送朱可久归越中

石头城下泊,北固暝钟初。
汀鹭潮冲起,船窗月过虚。
吴山侵越众,隋柳入唐疏。
日欲躬调膳,辟来何府书。

送田卓入华山

幽深足暮蝉,惊觉石床眠。
瀑布五千仞,草堂瀑布边。
坛松涓滴露,岳月沆寥天。
鹤过君须看,上头应有仙。

送董正字常州觐省

相逐一行鸿,何时出碛中。
江流翻白浪,木叶落青枫。
轻楫浮吴国,繁霜下楚空。
春来欢侍阻,正字在东宫。

酬姚少府

梅树与山木,俱应摇落初。
柴门掩寒雨,虫响出秋蔬。

枯槁彰清镜,孱愚友道书。
刊文非不朽,君子自相于。

送无可上人

圭峰霁色新,送此草堂人。
麈尾同离寺,蛩鸣暂别亲。
独行潭底影,数息树边身。
终有烟霞约,天台作近邻。

送李骑曹

归骑双旌远,欢生此别中。
萧关分碛路,嘶马背寒鸿。
朔色晴天北,河源落日东。
贺兰山顶草,时动卷帆风。

送乌行中石淙别业

寒水长绳汲,丁泠数滴翻。
草通石淙脉,砚带海潮痕。
岳色何曾远,蝉声尚未繁。
劳思当此夕,苗稼在西原。

送觉兴上人归中条山兼谒河中李司空

又忆西岩寺，秦原草白时。
山寻樵径上，人到雪房迟。
暮磬潭泉冻，荒林野烧移。
闻师新译偈，说拟对旌麾。

寄无可上人

僻寺多高树，凉天忆重游。
磬过沟水尽，月入草堂秋。
穴蚁苔痕静，藏蝉柏叶稠。
名山思遍往，早晚到嵩丘。

南　池

萧条微雨绝，荒岸抱清源。
入舫山侵塞，分泉稻接村。
秋声依树色，月影在蒲根。
淹泊方难遂，他宵关梦魂。

寄龙池寺贞空二上人

受请终南住，俱妨去石桥。
林中秋信绝，峰顶夜禅遥。

寒草烟藏虎,高松月照雕。
霜天期到寺,寺置即前朝。

送贞空二上人

林下中餐后,天涯欲去时。
衡阳过有伴,梦泽出应迟。
石磬疏寒韵,铜瓶结夜澌。
殷勤讶此别,且未定归期。

送裴校书

拜官从秘省,署职在藩维。
多故长疏索,高秋远别离。
天寒泗上醉,夜静岳阳棋。
使府临南海,帆飞到不迟。

升道精舍南台对月寄姚合

月向南台见,秋霖洗涤馀。
出逢危叶落,静看众峰疏。
冷露常时有,禅窗此夜虚。
相思聊怅望,润气遍衣初。

即 事

索莫对孤灯,阴云积几层。
自嗟怜十上,谁肯待三征。
心被通人见,文叨大匠称。
悲秋秦塞草,怀古汉家陵。
城静高崖树,漏多幽沼冰。
过声沙岛鹭,绝行石庵僧。
岂谓旧庐在,谁言归未曾。

黄子陂上韩吏部

石楼云一别,二十二三春。
相逐升堂者,几为埋骨人。
涕流闻度瘴,病起喜还秦。
曾是令勤道,非惟恤在迍。
疏衣蕉缕细,爽味茗芽新。
钟绝滴残雨,萤多无近邻。
溪潭承到数,位秩见辞频。
若个山招隐,机忘任此身。

投李益

四十归燕字,千年外始吟。
已将书北岳,不用比南金。

吊孟协律

才行古人齐,生前品位低。
葬时贫卖马,远日哭惟妻。
孤冢北邙外,空斋中岳西。
集诗应万首,物象遍曾题。

送人适越

高城满夕阳,何事欲沾裳。
迁客蓬蒿暮,游人道路长。
晴湖胜镜碧,寒柳似金黄。
若有相思梦,殷勤载八行。

送僧游衡岳

心知衡岳路,不怕去人稀。
船里犹鸣磬,溪头自曝衣。
有家从小别,无寺不言归。
料得逢寒住,当禅雪满扉。

送 路

别我就蓬蒿,日斜飞伯劳。
龙门流水急,嵩岳片云高。

叹命无知己,梳头落白毛。
从军当此去,风起广陵涛。

洛阳道中寄弟

趋走迫流年,惭经此路偏。
密云埋二室,积雪度三川。
生类梗萍泛,悲无金石坚。
翻鸿有归翼,极目仰联翩。

登江亭晚望

浩渺浸云根,烟岚没远村。
鸟归沙有迹,帆过浪无痕。
望水知柔性,看山欲倦魂。
纵情犹未已,回马欲黄昏。

送耿处士

一瓶离别酒,未尽即言行。
万水千山路,孤舟几月程。
川原秋色静,芦苇晚风鸣。
迢递不归客,人传虚隐名。

过唐校书书斋

池满风吹竹,时时得爽神。
声齐雏鸟语,画卷老僧真。
月出行几步,花开到四邻。
江湖心自切,未可挂头巾。

送杜秀才东游

东游谁见待,尽室寄长安。
别后叶频落,去程山已寒。
大河风色度,旷野烧烟残。
匣有青铜镜,时将照鬓看。

送天台僧

远梦归华顶,扁舟背岳阳。
寒蔬修净食,夜浪动禅床。
雁过孤峰晓,猿啼一树霜。
身心无别念,馀习在诗章。

怀紫阁隐者

寂寥思隐者,孤烛坐秋霖。
梨栗猿喜熟,云山僧说深。

寄书应不到,结伴拟同寻。
废寝方终夕,迢迢紫阁心。

雨夜同厉玄怀皇甫荀

桐竹绕庭匝,雨多风更吹。
还如旧山夜,卧听瀑泉时。
碛雁来期近,秋钟到梦迟。
沟西吟苦客,中夕话兼思。

秋　暮

北门杨柳叶,不觉已缤纷。
值鹤因临水,迎僧忽背云。
白须相并出,清泪两行分。
默默空朝夕,苦吟谁喜闻。

哭胡遇

夭寿知齐理,何曾免叹嗟。
祭回收朔雪,吊后折寒花。
野水秋吟断,空山暮影斜。
弟兄相识遍,犹得到君家。

送丹师归闽中

波涛路杳然，衰柳落阳蝉。
行李经雷电，禅前漱岛泉。
归林久别寺，过越未离船。
自说从今去，身应老海边。

送安南惟鉴法师

讲经春殿里，花绕御床飞。
南海几回渡，旧山临老归。
潮摇蛮草落，月湿岛松微。
空水既如彼，往来消息稀。

送韩湘

挂席从古路，长风起广津。
楚城花未发，上苑蝶来新。
半没湖波月，初生岛草春。
孤霞临石镜，极浦映村神。
细响吟干苇，馀馨动远蘋。
欲凭将一札，寄与沃洲人。

寄董武

虽同一城里，少省得从容。
门掩园林僻，日高巾帻慵。
孤鸿来半夜，积雪在诸峰。
正忆毗陵客，声声隔水钟。

宿赟上人房

阶前多是竹，闲地拟栽松。
朱点草书疏，雪平麻履踪。
御沟寒夜雨，宫寺静时钟。
此时无他事，来寻不厌重。

访李甘原居

原西居处静，门对曲江开。
石缝衔枯草，查根上净苔。
翠微泉夜落，紫阁鸟时来。
仍忆寻淇岸，同行采蕨回。

题山寺井

沈沈百尺余，功就岂斯须。
汲早僧出定，凿新虫自无。

藏源重嶂底，澄翳大空隅。
此地如经劫，凉潭会共枯。

僻居无可上人相访

自从居此地，少有事相关。
积雨荒邻圃，秋池照远山。
砚中枯叶落，枕上断云闲。
野客将禅子，依依偏往还。

送李馀及第归蜀

知音伸久屈，觐省去光辉。
津渡逢清夜，途程尽翠微。
云当绵竹叠，鸟离锦江飞。
肯寄书来否，原居出亦稀。

荒 斋

草合径微微，终南对掩扉。
晚凉疏雨绝，初晓远山稀。
落叶无青地，闲身著白衣。
朴愚犹本性，不是学忘机。

夜喜贺兰三见访

漏钟仍夜浅，时节欲秋分。
泉聒栖松鹤，风除翳月云。
踏莒行引兴，枕石卧论文。
即此寻常静，来多只是君。

题青龙寺镜公房

一夕曾留宿，终南摇落时。
孤灯冈舍掩，残磬雪风吹。
树老因寒折，泉深出井迟。
疏慵岂有事，多失上方期。

送陈判官赴绥德

将军邀入幕，束带便离家。
身暖蕉衣窄，天寒碛日斜。
火烧冈断苇，风卷雪平沙。
丝竹丰州有，春来只欠花。

送唐环归敷水庄

毛女峰当户，日高头未梳。
地侵山影扫，叶带露痕书。

松径僧寻药,沙泉鹤见鱼。
.一川风景好,恨不有吾庐。

原东居喜唐温琪频至

曲江春草生,紫阁雪分明。
汲井尝泉味,听钟问寺名。
墨研秋日雨,茶试老僧铛。
地近劳频访,乌纱出送迎。

送敫法师

度岁不相见,严冬始出关。
孤烟寒色树,高雪夕阳山。
瀑布寺应到,牡丹房甚闲。
南朝遗迹在,此去几时还。

寄钱庶子

曲江春水满,北岸掩柴关。
只有僧邻舍,全无物映山。
树阴终日扫,药债隔年还。
犹记听琴夜,寒灯竹屋间。

原上秋居

关西又落木,心事复如何。
岁月辞山久,秋霖入夜多。
鸟从井口出,人自洛阳过。
倚仗聊闲望,田家未剪禾。

夏　夜

原寺偏邻近,开门物景澄。
磬通多叶罅,月离片云棱。
寄宿山中鸟,相寻海畔僧。
唯愁秋色至,乍可在炎蒸。

冬　夜

羁旅复经冬,飘空盎亦空。
泪流寒枕上,迹绝旧山中。
凌结浮萍水,雪和衰柳风。
曙光鸡未报,嘹唳两三鸿。

送厉宗上人

拥策背岷峨,终南雨雪和。
漱泉秋鹤至,禅树夜猿过。

高顶白云尽，前山黄叶多。
曾吟庐岳上，月动九江波。

寄李存穆

闻道船中病，似忧亲弟兄。
信来从水路，身去到柴城。
久别长须鬓，相思书姓名。
忽然消息绝，频梦却还京。

赠无怀禅师

身从劫劫修，果以此生周。
禅定石床暖，月移山树秋。
捧盂观宿饭，敲磬过清流。
不掩玄关路，教人问白头。

寄武功姚主簿

居枕江沱北，情悬渭曲西。
数宵曾梦见，几处得书披。
驿路穿荒坂，公田带淤泥。
静棋功奥妙，闲作韵清凄。
锄草留丛药，寻山上石梯。
客回河水涨，风起夕阳低。
空地苔连井，孤村火隔溪。
卷帘黄叶落，锁印子规啼。

陇色澄秋月,边声入战輂。
会须过县去,况是屡招携。

题刘华书斋

白石床无尘,青松树有鳞。
一莺啼带雨,两树合丛春。
荒榭苔胶砌,幽丛果堕榛。
偶来疏或数,当暑夕胜晨。
露滴星河水,巢重草木薪。
终南同往意,赵北独游身。
渡叶司天漏,惊蜇远地人。
机清公干族,也莫卧漳滨。

送卢秀才游潞府

雨馀滋润在,风不起尘沙。
边日寡文思,送君吟月华。
过山干相府,临水宿僧家。
能赋焉长屈,芳春宴杏花。

送南康姚明府

铜章美少年,小邑在南天。
版籍多迁客,封疆接洞田。
静江鸣野鼓,发缆带村烟。
却笑陶元亮,何须忆醉眠。

送友人弃官游江左

羡君休作尉，万事且全身。
寰海多虞日，江湖独往人。
姓名何处变，鸥鸟几时亲。
别后吴中使，应须访子真。

雨中怀友人

对雨思君子，尝茶近竹幽。
儒家邻古寺，不到又逢秋。

寄　远

家住锦水上，身征辽海边。
十书九不到，一到忽经年。

南　斋

独自南斋卧，神闲景亦空。
有山来枕上，无事到心中。
帘卷侵床月，屏遮入座风。
望春春未至，应在海门东。

早春题友人湖上新居二首

近得云中路，门长侵早开。
到时犹有雪，行处已无苔。
劝酒客初醉，留茶僧未来。
每逢晴暖日，惟见乞花栽。
门不当官道，行人到亦稀。
故从餐后出，多是夜深归。
开箧收诗卷，扫床移卧衣。
几时同买宅，相送有柴扉。

送雍陶入蜀

江山事若谙，那肯滞云南。
草色分危磴，杉阴近古潭。
日斜褒谷鸟，夏浅巂州蚕。
吾自疑双鬓，相逢更不堪。

张郎中过原东居

年长惟添懒，经旬止掩关。
高人餐药后，下马此林间。
对坐天将幕，同来客亦闲。
几时能重至，水味似深山。

答王建秘书

人皆闻蟋蟀，我独恨蹉跎。
白发无心镊，青山去意多。
信来漳浦岸，期负洞庭波。
时扫高槐影，朝回或恐过。

送李馀往湖南

昔去候温凉，秋山满楚乡。
今来从辟命，春物遍浔阳。
岳石挂海雪，野枫堆渚樯。
若寻吾祖宅，寂寞在潇湘。

偶　作

野步随吾意，那知是与非。
稔年时雨足，闰月暮蝉稀。
独树依冈老，遥峰出草微。
园林自有主，宿鸟且同归。

过雍秀才居

夏木鸟巢边，终南岭色鲜。
就凉安坐石，煮茗汲邻泉。

钟远清霄半，蜩稀暑雨前。
幽斋如葺罢，约我一来眠。

寄顾非熊

知君归有处，山水亦难齐。
犹去潇湘远，不闻狄猿啼。
穴通茆岭下，潮满石头西。
独立生遥思，秋原日渐低。

送神邈法师

柳絮落濛濛，西州道路中。
相逢春忽尽，独去讲初终。
行疾遥山雨，眠迟后夜风。
绕房三两树，回日叶应红。

送慈恩寺霄韵法师谒太原李司空

何故谒司空，云山知几重。
碛遥来雁尽，雪急去僧逢。
清磬先寒角，禅灯彻晓烽。
旧房闲片石，倚著最高松。

送知兴上人

久住巴兴寺,如今始拂衣。
欲临秋水别,不向故园归。
锡挂天涯树,房开岳顶扉。
下看千里晓,霜海日生微。

送惠雅法师归玉泉

只到潇湘水,洞庭湖未游。
饮泉看月别,下峡听猿愁。
讲不停雷雨,吟当近海流。
降霜归楚夕,星冷玉泉秋。

题张博士新居

青枫何不种,林在洞庭村。
应为三湘远,难移万里根。
斗牛初过伏,菡萏欲香门。
旧即湖山隐,新庐葺此原。

石门陂留辞从叔谟

幽鸟飞不远,此行千里间。
寒冲陂水雾,醉下菊花山。

有耻长为客，无成又入关。
何时临涧柳，吾党共来攀。

送朱兵曹回越

星彩练中见，澄江岂有泥。
潮生垂钓罢，楚尽去樯西。
碛鸟辞沙至，山鼯隔水啼。
会稽半侵海，涛白禹祠溪。

怀博陵故人

孤城易水头，不忘旧交游。
雪压围棋石，风吹饮酒楼。
路遥千万里，人别十三秋。
吟苦相思处，天寒水急流。

夕　思

秋宵已难曙，漏向二更分。
我忆山水坐，虫当寂寞闻。
洞庭风落木，天姥月离云。
会自东浮去，将何欲致君。

寄河中杨少尹

非惟咎襄时,投刺诣门迟。
怅望三秋后,参差万里期。
禹留疏凿迹,舜在寂寥祠。
此到杳难共,回风逐所思。

孟融逸人

孟君临水居,不食水中鱼。
衣褐唯粗帛,筐箱只素书。
树林幽鸟恋,世界此心疏。
拟棹孤舟去,何峰又结庐。

晚晴见终南诸峰

秦分积多峰,连巴势不穷。
半旬藏雨里,此日到窗中。
圆魄将升兔,高空欲叫鸿。
故山思不见,碣石沉寥东。

宿池上

泉来从绝壑,亭敞在中流。
竹密无空岸,松长可绊舟。

蟪蛄潭上夜,河汉岛前秋。
异夕期深涨,携琴却此游。

喜姚郎中自杭州回

路多枫树林,累日泊清阴。
来去泛流水,脩然适此心。
一披江上作,三起月中吟。
东省期司谏,云门悔不寻。

送郑长史之岭南

云林颇重叠,岑渚复幽奇。
汨水斜阳岸,骚人正则祠。
苍梧多蟋蟀,白露湿江蓠。
擢第荣南去,晨昏近九疑。

送李溟谒宥州李权使君

英雄典宥州,迢递苦吟游。
风宿骊山下,月斜灞水流。
去时初落叶,回日定非秋。
太守携才子,看鹏百尺楼。

永福湖和杨郑州

积水还平岸,春来引郑溪。
旧渠通郭下,新堰绝湖西。
嵩少分明对,潇湘阔狭齐。
客游随庶子,孤屿草萋萋。

题长江

言心俱好静,廨署落晖空。
归吏封宵钥,行蛇入古桐。
长江频雨后,明月众星中。
若任迁人去,西溪与剡通。

泥阳馆

客愁何并起,暮送故人回。
废馆秋萤出,空城寒雨来。
夕阳飘白露,树影扫青苔。
独坐离容惨,孤灯照不开。

送徐员外赴河中

原野正萧瑟,中间分散情。
吏从甘扈罢,诏许朔方行。

边日沉残角，河关截夜城。
云居闲独往，长老出房迎。

送贺兰上人

野僧来别我，略坐傍泉沙。
远道擎空钵，深山蹋落花。
无师禅自解，有格句堪夸。
此去非缘事，孤云不定家。

送令狐绹相公

梁园趋戟节，海草几枯春。
风水难遭便，差池未振鳞。
姓名犹语及，门馆阻何因。
苦拟修文卷，重擎献匠人。
吟看青岛处，朝退赤墀晨。
根爱杉栽活，枝怜雪霰新。
缀篇嗟调逸，不和揣才贫。
早晚还霖雨，滂沱洗月轮。
摧苗方灭裂，成器待陶钧。
困坂思回顾，迷邦辄问津。
数行望外札，绝句握中珍。
是日荣游汴，当时怯往陈。
鸿春乖汉爵，桢病卧漳滨。
岳整五千仞，云惟一片身。
故山离未死，秋水宿经旬。
下第能无恶，高科恐有神。

罢耕田料废，省钓岸应榛。
慷慨知音在，谁能泪堕巾。

寄沧州李尚书

沧溟深绝阔，西岸郭东门。
戈者罗夷鸟，桴人思峤猿。
威棱高腊冽，煦育极春温。
陂淀封疆内，蒹葭壁垒根。
摇鞞边地脉，愁箭虎狼魂。
水县卖纱市，盐田煮海村。
枝条分御叶，家世食唐恩。
武可纵横讲，功从战伐论。
天涯生月片，屿顶涌泉源。
非是泥池物，方因雷雨尊。
沉谋藏未露，邻境帖无喧。
青冢骄回鹘，萧关陷叶蕃。
何时霖岁旱，早晚雪邦冤。
迢递瞻旌纛，浮阳寄咏言。

逢旧识

几岁阻干戈，今朝劝酒歌。
羡君无白发，走马过黄河。
旧宅兵烧尽，新宫日奏多。
妖星还有角，数尺铁重磨。

崇圣寺斌公房

近来惟一食，树下掩禅扉。
落日寒山磬，多年坏衲衣。
白须长更剃，青霭远还归。
仍说游南岳，经行是息机。

送李傅侍郎剑南行营

走马从边事，新恩受外台。
勇看双节出，期破八蛮回。
许国家无恋，盘江栈不摧。
移军刁斗逐，报捷剑门开。
角咽猕猴叫，鼙干霹雳来。
去年新甸邑，犹滞佐时才。

别徐明府

抱琴非本意，生事偶相萦。
口尚袁安节，身无子贱名。
地寒春雪盛，山浅夕风轻。
百战馀荒野，千夫渐耦耕。
一杯宜独夜，孤客恋交情。
明日疲骖去，萧条过古城。

岐下送友人归襄阳

蹉跎随泛梗，羁旅到西州。
举翮笼中鸟，知心海上鸥。
山光分首暮，草色向家秋。
若更登高岘，看碑定泪流。

送友人游蜀

万岑深积翠，路向此中难。
欲暮多羁思，因高莫远看。
卓家人寂寞，扬子业凋残。
唯有岷江水，悠悠带月寒。

送郑少府

江岸一相见，空令惜此分。
夕阳行带月，酌水少留君。
野地初烧草，荒山过雪云。
明年还调集，蝉可在家闻。

子　规

游魂自相叫，宁复记前身。
飞过邻家月，声连野路春。

梦边催晓急，愁处送风频。
自有沾花血，相和雨滴新。

送僧归天台

辞秦经越过，归寺海西峰。
石涧双流水，山门九里松。
曾闻清禁漏，却听赤城钟。
妙宇研磨讲，应齐智者踪。

让纠曹上乐使君

战战复兢兢，犹如履薄冰。
虽然叨一掾，还似说三乘。
瓶汲南溪水，书来北岳僧。
戆愚兼抱疾，权纪不相应。

赠友人

五字诗成卷，清新韵具偕。
不同狂客醉，自伴律僧斋。
春别和花树，秋辞带月淮。
却归登第日，名近榜头排。

送雍陶及第归成都宁亲

不唯诗著籍，兼又赋知名。
议论于题称，春秋对问精。
半应阴骘与，全赖有司平。
归去峰峦众，别来松桂生。
涨江流水品，当道白云坑。
勿以攻文捷，而将学剑轻。
制衣新濯锦，开酝旧烧罂。
同日升科士，谁同膝下荣。

谢令狐绹相公赐衣九事

长江飞鸟外，主簿跨驴归。
逐客寒前夜，元戎予厚衣。
雪来松更绿，霜降月弥辉。
即日调殷鼎，朝分是与非。

送金州鉴周上人

地必寻天目，溪仍住若耶。
帆随风便发，月不要云遮。
极浦浮霜雁，回潮落海查。
峨嵋省春上，立雪指流沙。

送谭远上人

下视白云时,山房盖树皮。
垂枝松落子,侧顶鹤听棋。
清净从沙劫,中终未日歃。
金光明本行,同侍出峨嵋。

新　年

嗟以龙钟身,如何岁复新。
石门思隐久,铜镜强窥频。
花发新移树,心知故国春。
谁能平此恨,岂是北宗人。

送　僧

出家从卯岁,解论造玄门。
不惜挥谈柄,谁能听至言。
中时山果熟,后夏竹阴繁。
此去逢何日,峨嵋晓复昏。

送姚杭州

白云峰下城,日夕白云生。
人老江波钓,田侵海树耕。

吴山钟入越，莲叶吹摇旌。
诗异石门思，涛来向越迎。

夜集田卿宅

朗咏高斋下，如将古调弹。
翻鸿向桂水，来雪渡桑干。
滴滴玉漏曙，翛翛竹籁残。
曩年曾宿此，亦值五陵寒。

寄山友长孙栖峤

此时气萧飒，琴院可应关。
鹤似君无事，风吹雨遍山。
松生青石上，泉落白云间。
有径连高顶，心期相与还。

酬厉玄

我来从北鄙，子省涉西陵。
白发初相识，秋山拟共登。
邻居帝城雨，会宿御沟冰。
未报见贻作，耿然中夜兴。

送刘式洛中觐省

晴峰三十六,侍立上春台。
同宿别离恨,共看星月回。
野莺临苑语,河棹历江来。
便寄相思札,缄封花下开。

送空公往金州

七百里山水,手中柳栗粗。
松生师坐石,潭涤祖传盂。
长拟老岳峤,又闻思海湖。
惠能同俗姓,不是岭南卢。

赠绍明上人

未住青云室,中秋独往年。
上方嵩若寺,下视雨和烟。
祖岂无言去,心因断臂传。
不知能已后,更有几灯然。

赠弘泉上人

洗足下蓝岭,古师精进同。
心知溪卉长,居此玉林空。

西殿宵灯磬,东林曙雨风。
旧峰邻太白,石座雨苔濛。

送宣皎上人游太白

剃发鬓无雪,去年三十三。
山过春草寺,磬度落花潭。
得句才邻约,论宗意在南。
峰灵疑懒下,苍翠太虚参。

病　起

高丘归未得,空自责迟回。
身事岂能遂,兰花又已开。
病令新作少,雨阻故人来。
灯下南华卷,祛愁当酒杯。

送殷侍御赴同州

冯翊蒲西郡,沙冈拥地形。
中条全离岳,清渭半和泾。
夜暮眠明月,秋深至洞庭。
犹来交辟士,事别偃林扃。

送沈鹤

家楚婿于秦，携妻云养亲。
陆行千里外，风卷一帆新。
夜泊疏山雨，秋吟捣药轮。
芜城登眺作，才动广陵人。

秋夜仰怀钱孟二公琴客会

月色四时好，秋光君子知。
南山昨夜雨，为我写清规。
独鹤笭寒骨，高杉韵细飔。
仙家缥缈弄，仿佛此中期。

赠李金州

绮里祠前后，山程践白云。
溯流随大筛，登岸见全军。
晓角吹人梦，秋风卷雁群。
雾开方露日，汉水底沙分。

酬姚合校书

因贫行远道，得见旧交游。
美酒易倾尽，好诗难卒酬。
公堂朝共到，私第夜相留。
不觉入关晚，别来林木秋。

送独孤马二秀才
居明月山读书

濯志俱高洁,儒科慕冉颜。
家辞临水郡,雨到读书山。
栖鸟棕花上,声钟砾阁间。
寂寥窗户外,时见一舟还。

病　蝉

病蝉飞不得,向我掌中行。
折翼犹能薄,酸吟尚极清。
露华凝在腹,尘点误侵睛。
黄雀并鸢鸟,俱怀害尔情。

青门里作

燕存鸿已过,海内几人愁。
欲问南宗理,将归北岳修。
若无攀桂分,只是卧云休。
泉树一为别,依稀三十秋。

卢秀才南台

居在青门里，台当千万岑。
下因冈助势，上有树交阴。
陵远根才近，空长畔可寻。
新晴登啸处，惊起宿枝禽。

寄李辐侍郎

终过盟津书，分明梦不虚。
人从清渭别，地隔太行馀。
宾幕谁嫌静，公门但晏如。
楄鞭干霹雳，斜汉湿蟾蜍。
追琢垂今后，敦庞得古初。
井台怜操筑，漳岸想丕疏。
亦翼铿珉珮，终当直石渠。
此身多抱疾，幽里近营居。
忆漱苏门涧，经浮楚泽潴。
松栽侵古影，荦断尚芹菹。
语嘿曾延接，心源离滓淤。
谁言姓琴氏，独跨角生鱼。

寄令狐绹相公

驴骏胜羸马，东川路匪赊。
一缄论贾谊，三蜀寄严家。

澄彻霜江水，分明露石沙。
话言声及政，栈阁谷离斜。
自著衣偏暖，谁忧雪六花。
裹裳留阔褛，防患与通茶。
山馆中宵起，星河残月华。
双僮前日雇，数口向天涯。
良乐知骐骥，张雷验镆铘。
谦光贤将相，别纸圣龙蛇。
岂有斯言玷，应无白璧瑕。
不妨圆魄里，人亦指虾蟆。

再投李益常侍

何处初投刺，当时赴尹京。
淹留花柳变，然诺肺肠倾。
避暑蝉移树，高眠雁过城。
人家嵩岳色，公府洛河声。
联句逢秋尽，尝茶见月生。
新衣裁白苎，思从曲江行。

积　雪

昔属时霖滞，今逢腊雪多。
南猜飘桂渚，北讶雨交河。
尽灭平芜色，弥重古木柯。
空中离白气，岛外下沧波。
隐者迷樵道，朝人冷玉珂。
夕繁仍昼密，漏间复钟和。
想积高嵩顶，新秋皎月过。

过杨道士居

先生修道处，茆屋远嚣氛。
叩齿坐明月，支颐望白云。
精神含药色，衣服带霞纹。
无话瀛洲路，多年别少君。

赠　僧

乱山秋木穴，里有灵蛇藏。
铁锡挂临海，石楼闻异香。
出尘头未白，入定衲凝霜。
莫话五湖事，令人心欲狂。

送友人游塞

飘蓬多塞下，君见益潸然。
迥碛沙衔日，长河水接天。
夜泉行客火，晓戍向京烟。
少结相思恨，佳期芳草前。

思游边友人

凝愁对孤烛，昨日饮离杯。
叶下故人去，天中新雁来。

连沙秋草薄,带雪暮山开。
苑北红尘道,何时见远回。

秋暮寄友人

寥落关河暮,霜风树叶低。
远天垂地外,寒日下峰西。
有志烟霞切,无家岁月迷。
清宵话白阁,已负十年栖。

寄令狐绹相公

官高频敕授,老免把犁锄。
一主长江印,三封东省书。
不无濠上思,唯食圃中蔬。
梦幻将泡影,浮生事只如。

和孟逸人林下道情

四气相陶铸,中庸道岂销。
夏云生此日,春色尽今朝。
陋巷贫无闷,毗耶疾未调。
已栽天末柏,合抱岂非遥。

宿姚少府北斋

石溪同夜泛，复此北斋期。
鸟绝吏归后，蛩鸣客卧时。
锁城凉雨细，开印曙钟迟。
忆此漳川岸，如今是别离。

送崔峤游潇湘

功烈尚书孙，琢磨风雅言。
渡河山凿处，陟岘汉滩喧。
梦想吟天目，宵同话石门。
枫林叶欲下，极浦月清暾。

寄朱锡珪

远泊与谁同，来从古木中。
长江人钓月，旷野火烧风。
梦泽吞楚大，闽山厄海丛。
此时樯底水，涛起屈原通。

马戴居华山因寄

玉女洗头盆，孤高不可言。
瀑流莲岳顶，河注华山根。

绝雀林藏鹘,无人境有猿。
秋蟾才过雨,石上古松门。

寄胡遇

一自残春别,经炎复到凉。
萤从枯树出,蛩入破阶藏。
落叶书胜纸,闲砧坐当床。
东门因送客,相访也何妨。

送李戎扶侍往寿安

二千馀里路,一半是波涛。
未晓著衣起,出城逢日高。
关山多寇盗,扶侍带弓刀。
临别不挥泪,谁知心郁陶。

送孙逸人

衣屦犹同俗,妻儿亦宛然。
不餐能累月,无病已多年。
是药皆谙性,令人渐信仙。
杖头书数卷,荷入翠微烟。

寄华山僧

遥知白石室,松柏隐朦胧。
月落看心次,云生闭目中。
五更钟隔岳,万尺水悬空。
苔藓嵌岩所,依稀有径通。

送李登少府

伊阳耽酒尉,朗咏醉醒新。
应见嵩山里,明年踯躅春。
一千寻树直,三十六峰邻。
流水潺潺处,坚贞玉涧珉。

易州过郝逸人居

每逢词翰客,邀我共寻君。
果见闲居赋,未曾流俗闻。
也知邻市井,宛似出嚣氛。
却笑巢由辈,何须隐白云。

酬鄂县李廓少府见寄

稍怜公事退,复遇夕阳时。
北朔霜凝竹,南山水入篱。

吟怀沧海侣，空问白云师。
恨不相从去，心惟野鹤知。

净业寺与前鄂县李廓少府同宿

来从城上峰，京寺暮相逢。
往往语复默，微微雨洒松。
家贫初罢吏，年长畏闻蛩。
前日犹拘束，披衣起晓钟。

送南卓归京

残春别镜陵，罢郡未霜髭。
行李逢炎暑，山泉满路岐。
云藏巢鹤树，风触哢莺枝。
三省同虚位，双旌带去思。
入城宵梦后，待漏月沉时。
长策并忠告，从容写玉墀。

卧疾走笔酬韩愈书问

一卧三四旬，数书惟独君。
愿为出海月，不作归山云。
身上衣频寄，瓯中物亦分。
欲知强健否，病鹤未离群。

长孙霞李溟自紫阁白阁二峰见访

寂寞吾庐贫，同来二阁人。
所论唯野事，招作住云邻。
古寺期秋宿，平林散早春。
漱流今已矣，巢许岂尧臣。

送惟一游清凉寺

去有巡台侣，荒溪众树分。
瓶残秦地水，锡入晋山云。
秋月离喧见，寒泉出定闻。
人间临欲别，旬日雨纷纷。

郑尚书新开涪江二首

岸凿青山破，江开白浪寒。
日沉源出海，春至草生滩。
梓匠防波溢，蓬仙畏水干。
从今疏决后，任雨滞峰峦。

不侵南亩务，已拔北江流。
涪水方移岸，浔阳有到舟。
潭澄初捣药，波动乍垂钩。
山可疏三里，从知历亿秋。

寄乔侍郎

大宁犹未到，曾渡北浮桥。
晓出爬船寺，手擎紫栗条。
差池不相见，怅望至今朝。
近日营家计，绳悬一小瓢。

送去华法师

在越居何寺，东南水路归。
秋江洗一钵，寒日晒三衣。
默听鸿声尽，行看叶影飞。
囊中无宝货，船户夜扃稀。

送蔡京

跃蹄归鲁日，带漏别秦星。
易折芳条桂，难穷邃义经。
登封多泰岳，巡狩遍沧溟。
家在何林下，梁山翠满庭。

慈恩寺上座院

未委衡山色，何如对塔峰。
曩宵曾宿此，今夕值秋浓。

羽族栖烟竹,寒流带月钟。
井甘源起异,泉涌渍苔封。

题朱庆馀所居

天寒吟竟晓,古屋瓦生松。
寄信船一只,隔乡山万重。
树来沙岸鸟,窗度雪楼钟。
每忆江中屿,更看城上峰。

送黄知新归安南

池亭沉饮遍,非独曲江花。
地远路穿海,春归冬到家。
火山难下雪,瘴土不生茶。
知决移来计,相逢期尚赊。

赠胡禅归

自是根机钝,非关夏腊深。
秋来江上寺,夜坐岭南心。
井凿山含月,风吹磬出林。
祖师携只履,去路杳难寻。

元日女道士受箓

元日更新夜，斋身称净衣。
数星连斗出，万里断云飞。
霜下磬声在，月高坛影微。
立听师语了，左肘系符归。

重与彭兵曹

故人在城里，休寄海边书。
渐去老不远，别来情岂疏。
砚冰催腊日，山雀到贫居。
每有平戎计，官家别敕除。

赠庄上人

不语焚香坐，心知道已成。
流年衰此世，定力见他生。
暮雪馀春冷，寒灯续昼明。
寻常五侯至，敢望下阶迎。

落第东归逢僧伯阳

相逢须语笑,人世别离频。
晚至长侵月,思乡动隔春。
见僧心暂静,从俗事多迍。
宇宙诗名小,山河客路新。
翠桐犹入爨,清镜未辞尘。
逸足思奔骥,随群且退鳞。
宴乖红杏寺,愁在绿杨津。
老病难为乐,开眉赖故人。

皇甫主簿期游山不及赴

休官匹马在,新意入山中。
更住应难遂,前期恨不同。
集蝉苔树僻,留客雨堂空。
深夜谁相访,惟当清净翁。

宿成湘林下

相访夕阳时,千株木未衰。
石泉流出谷,山雨滴栖鸱。
漏向灯听数,酒因客寝迟。
今宵不尽兴,更有月明期。

喜雍陶至

今朝笑语同,几日百忧中。
鸟度剑门静,蛮归泸水空。
步霜吟菊畔,待月坐林东。
且莫孤此兴,勿论穷与通。

酬胡遇

丽句传人口,科名立可图。
移居见山烧,买树带巢乌。
游远风涛急,吟清雪月孤。
却思初识面,仍未有多须。

宿慈恩寺郁公房

病身来寄宿,自扫一床闲。
反照临江磬,新秋过雨山。
竹阴移冷月,荷气带禅关。
独住天台意,方从内请还。

送褚山人归日本

悬帆待秋水,去入杳冥间。
东海几年别,中华此日还。

岸遥生白发，波尽露青山。
隔水相思在，无书也是闲。

寄韩湘

过岭行多少，潮州涨满川。
花开南去后，水冻北归前。
望鹭吟登阁，听猿泪滴船。
相思堪面话，不著尺书传。

雨夜寄马戴

芳林杏花树，花落子西东。
今夕曲江雨，寒催朔北风。
乡书沧海绝，隐路翠微通。
寂寂相思际，孤釭残漏中。

喜无可上人游山回

一食复何如，寻山无定居。
相逢新夏满，不见半年馀。
听话龙潭雪，休传鸟道书。
别来还似旧，白发日高梳。

寄毗陵彻公

身依吴寺老,黄叶几回看。
早讲林霜在,孤禅隙月残。
井通潮浪远,钟与角声寒。
已有南游约,谁言礼谒难。

送韦琼校书

宾佐兼归觐,此行江汉心。
别离从阙下,道路向山阴。
孤屿消寒沫,空城滴夜霖。
若邪溪畔寺,秋色共谁寻。

寄刘侍御

衣多苔藓痕,犹拟更趋门。
自夏虽无病,经秋不过原。
积泉留岱鸟,叠岫隔巴猿。
琴月西斋集,如今岂复言。

送穆少府知眉州

剑门倚青汉,君昔未曾过。
日暮行人少,山深异鸟多。

猿啼和峡雨,栈尽到江波。
一路白云里,飞泉洒薜萝。

二月晦日留别鄂中友人

立马柳花里,别君当酒酣。
春风渐向北,云雁不飞南。
明晓日初一,今年月又三。
鞭羸去暮色,远岳起烟岚。

送李校书赴吉期

筮算重重吉,良期讵可迁。
不同牛女夜,是配凤凰年。
佩玉春风里,题章蜡烛前。
诗书与箴训,夫哲又妻贤。

宿孤馆

落日投村戍,愁生为客途。
寒山晴后绿,秋月夜来孤。
橘树千株在,渔家一半无。
自知风水静,舟系岸边芦。

哭宗密禅师

鸟道雪岑巅，师亡谁去禅。
几尘增灭后，树色改生前。
层塔当松吹，残踪傍野泉。
唯嗟听经虎，时到坏庵边。

送友人如边

去日重阳后，前程菊正芳。
行车辗秋岳，落叶坠寒霜。
云入汉天白，风高碛色黄。
蒲轮待恐晚，求荐向诸方。

题竹谷上人院

禅庭高鸟道，回望极川原。
樵径连峰顶，石泉通竹根。
木深犹积雪，山浅未闻猿。
欲别尘中苦，愿师贻一言。

京北原作

登原见城阙，策蹇思炎天。
日午路中客，槐花风处蝉。

远山秦木上,清渭汉陵前。
何事居人世,皆从名利牵。

寄江上人

紫阁旧房在,新家中岳东。
烟波千里隔,消息一朝通。
寒日汀洲路,秋晴岛屿风。
分明杜陵叶,别后两经红。

送僧归太白山

坚冰连夏处,太白接青天。
云塞石房路,峰明雨外巅。
夜禅临虎穴,寒漱撤龙泉。
后会不期日,相逢应信缘。

鹭鸶

求鱼未得食,沙岸往来行。
岛月独栖影,暮天寒过声。
堕巢因木折,失侣遇弦惊。
频向烟霄望,吾知尔去程。

内道场僧弘绍

麟德燃香请，长安春几回。
夜闲同像寂，昼定为吾开。
讲罢松根老，经浮海水来。
六年双足履，只步院中苔。

蒋亭和蔡湘州

蒋宅为亭榭，蔡城东郭门。
潭连秦相井，松老汉朝根。
已积苍苔遍，何曾旧径存。
高斋无事后，时复一携尊。

光州王建使君水亭作

楚水临轩积，澄鲜一亩馀。
柳根连岸尽，荷叶出萍初。
极浦清相似，幽禽到不虚。
夕阳庭际眺，槐雨滴疏疏。

留别光州王使君建

杜陵千里外，期在末秋归。
既见林花落，须防木叶飞。

楚从何地尽，淮隔数峰微。
回首馀霞失，斜阳照客衣。

宿姚合宅寄张司业籍

闲宵因集会，柱史话先生。
身爱无一事，心期往四明。
松枝影摇动，石磬响寒清。
谁伴南斋宿，月高霜满城。

哭张籍

精灵归恍惚，石磬韵曾闻。
即日是前古，谁人耕此坟。
旧游孤棹远，故域九江分。
本欲蓬瀛去，餐芝御白云。

灵准上人院

掩扉当太白，腊数等松椿。
禁漏来遥夜，山泉落近邻。
经声终卷晓，草色几芽春。
海内知名士，交游准上人。

寄柳舍人宗元

格与功俱造,何人意不降。
一宵三梦柳,孤泊九秋江。
擢第名重列,冲天字几双。
誓为仙者仆,侧执驭风幢。

送玄岩上人归西蜀

玉垒山中寺,幽深胜概多。
药成彭祖捣,顶受七轮摩。
去腊催今夏,流光等逝波。
会当依粪扫,五岳遍头陀。

寄宋州田中丞

古郡近南徐,关河万里馀。
相思深夜后,未答去秋书。
自别知音少,难忘识面初。
旧山期已久,门掩数畦蔬。

送朱休归剑南

剑南归受贺，太学赋声雄。
山路长江岸，朝阳十月中。
芽新抽雪茗，枝重集猿枫。
卓氏琴台废，深芜想径通。

寄长武朱尚书

不日即登坛，枪旗一万竿。
角吹边月没，鼓绝爆雷残。
中国今如此，西荒可取难。
白衣思请谒，徒步在长安。

送皇甫侍御

晓钟催早期，自是赴嘉招。
舟泊湘江阔，田收楚泽遥。
雁惊起衰草，猿渴下寒条。
来使黔南日，时应问寂寥。

郊居即事

住此园林久，其如未是家。
叶书传野意，檐溜煮胡茶。

雨后逢行鹭，更深听远蛙。

自然还往里，多是爱烟霞。

夜集姚合宅期可公不至

公堂秋雨夜，已是念园林。

何事疾病日，重论山水心。

孤灯明腊后，微雪下更深。

释子乖来约，泉西寒磬音。

喜李馀自蜀至

迢递岷峨外，西南驿路高。

几程寻挏栈，独宿听寒涛。

白鸟飞还立，青猿断更号。

往来从此过，词体近风骚。

王侍御南原庄

买得足云地，新栽药数窠。

峰头盘一径，原下注双河。

春寺闲眠久，晴台独上多。

南斋宿雨后，仍许重来麽。

送康秀才

俱为落第年,相识落花前。
酒泻两三盏,诗吟十数篇。
行岐逢塞雨,嘶马上津船。
树影高堂下,回时应有蝉。

寄魏少府

来时乖面别,终日使人惭。
易记卷中句,难忘灯下谈。
湿苔粘树瘿,瀑布溅房庵。
音信如相惠,移居古井南。

原居即事言怀赠孙员外

出入土门偏,秋深石色泉。
径通原上草,地接水中莲。
采菌依馀柝,拾薪逢刈田。
镊择白发断,兵阻尺书传。
避路来华省,抄诗上彩笺。
高斋久不到,犹喜未经年。

登　楼

秋日登高望，凉风吹海初。
山川明已久，河汉没无馀。
远近涯寥复，高低中太虚。
赋因王阁笔，思比谢游疏。

上乐使君救康成公

曾梦诸侯笑，康囚议脱枷。
千根池里藕，一朵火中花。

昆明池泛舟

一枝青竹榜，泛泛绿萍里。
不见钓鱼人，渐入秋塘水。

送　僧

大内曾持论，天南化俗行。
旧房山雪在，春草岳阳生。
晓了莲经义，堪任宝盖迎。
王侯皆护法，何寺讲钟鸣。

送刘知新往襄阳

此别诚堪恨，荆襄是旧游。
眼光悬欲落，心绪乱难收。
花木三层寺，烟波五相楼。
因君两地去，长使梦悠悠。

寄慈恩寺郁上人

中秋期夕望，虚室省相容。
北斗生清漏，南山出碧重。
露寒鸠宿竹，鸿过月圆钟。
此夜情应切，衡阳旧住峰。

送饶州张使君

终南云雨连城阙，去路西江白浪头。
滁上郡斋离昨日，鄱阳农事劝今秋。
道心生向前朝寺，文思来因静夜楼。
借问泊帆干谒者，谁人曾听峡猿愁。

观冬设上东川杨尚书

鲍革奏冬非独乐，军城未晓启重门。
何时却入三台贵，此日空知八座尊。

罗绮舞中收雨点,貔貅闸外卷云根。

逐迁属吏随宾列,拨棹扁舟不忘恩。

巴兴作

三年未省闻鸿叫,九月何曾见草枯。

寒暑气均思白社,星辰位正忆皇都。

苏卿持节终还汉,葛相行师自渡泸。

乡味朔山林果别,北归期挂海帆孤。

早　蝉

早蝉孤抱芳槐叶,噪向残阳意度秋。

也任一声催我老,堪听两耳畏吟休。

得非下第无高韵,须是青山隐白头。

若问此心嗟叹否,天人不可怨而尤。

投元郎中

心在潇湘归未期,卷中多是得名诗。

高台聊望清秋色,片水堪留白鹭鸶。

省宿有时闻急雨,朝回尽日伴禅师。

旧文去岁曾将献,蒙与人来说始知。

阮籍啸台

如闻长啸春风里，荆棘丛边访旧踪。
地接苏门山近远，荒台突兀抵高峰。

滕校书使院小池

小池谁见凿时初，走水南来十里馀。
楼上日斜吹暮角，院中人出锁游鱼。

送陕府王建司马

司马虽然听晓钟，尚犹高枕恣疏慵。
请诗僧过三门水，卖药人归五老峰。
移舫绿阴深处息，登楼凉夜此时逢。
杜陵惆怅临相饯，未寝月前多屐踪。

上谷旅夜

世难那堪恨旅游，龙钟更是对穷秋。
故园千里数行泪，旧杵一声终夜愁。
月到寒窗空皓晶，风翻落叶更飕飗。
此心不向常人说，倚识平津万户侯。

寄无得头陀

夏腊今应三十馀,不离树下冢间居。
貌堪良匠抽毫写,行称高僧续传书。
落涧水声来远远,当空月色自如如。
白衣只在青门里,心每相亲迹且疏。

崔卿池上双白鹭

鹭雏相逐出深笼,顶各有丝茎数同。
洒石多霜移足冷,隔城远树挂巢空。
其如尽在滩声外,何似双飞浦色中。
见此池潭卿自凿,清泠太液底潜通。

送胡道士

短褐身披满渍苔,灵溪深处观门开。
却从城里移琴去,许到山中寄药来。
临水古坛秋醮罢,宿杉幽鸟夜飞回。
丹梯愿逐真人上,日夕归心白发催。

酬张籍王建

疏林荒宅古坡前,久住还因太守怜。
渐老更思深处隐,多闲数得上方眠。

鼠抛贫屋收田日，雁度寒江拟雪天。
身是龙钟应是分，水曹芸阁枉来篇。

逢博陵故人彭兵曹

曲阳分散会京华，见说三年住海涯。
别后解餐蓬藁子，向前未识牧丹花。
偶逢日者教求禄，终傍泉声拟置家。
蹋雪携琴相就宿，夜深开户斗牛斜。

赠牛山人

二十年中饵茯苓，致书半是老君经。
东都旧住商人宅，南国新修道士亭。
凿石养峰休买蜜，坐山秤药不争星。
古来隐者多能卜，欲就先生问丙丁。

送于中丞使回纥册立

君立天骄发使车，册文字字著金书。
渐通青冢乡山尽，欲达皇情译语初。
调角寒城边色动，下霜秋碛雁行疏。
旌旗来往几多日，应向途中见岁除。

送刘侍御重使江西

时当苦热远行人,石壁飞泉溅马身。
又到钟陵知务大,还浮淦浦属秋新。
早程猿叫云深极,宿馆禽惊叶动频。
前者已闻廉使荐,兼言有画静边尘。

赠圆上人

诵经千纸得为僧,麈尾持行不拂蝇。
古塔月高闻咒水,新坛日午见烧灯。
一双童子浇红药,百八真珠贯彩绳。
且说近来心里事,仇雠相对似亲朋。

处州李使君改任遂州因寄赠

庭树几株阴入户,主人何在客闻蝉。
钥开原上高楼锁,瓶汲池东古井泉。
趁静野禽曾后到,休吟邻叟始安眠。
仙都山水谁能忆,西去风涛书满船。

酬慈恩寺文郁上人

袈裟影入禁池清,犹忆乡山近赤城。
篱落罅间寒蟹过,莓苔石上晚蛩行。

期登野阁闲应甚,阻宿山房疾未平。
闻说又寻南岳去,无端诗思忽然生。

访鉴玄师侄

维摩青石讲初休,缘访亲宗到普州。
我有军持凭弟子,岳阳溪里汲寒流。

夜　坐

蟋蟀渐多秋不浅,蟾蜍已没夜应深。
三更两鬓几枝雪,一念双峰四祖心。

送　别

门外便伸千里别,无车不得到河梁。
高楼直上百馀尺,今日为君南望长。

闻蝉感怀

新蝉忽发最高枝,不觉立听无限时。
正遇友人来告别,一心分作两般悲。

夏夜上谷宿开元寺

诗成一夜月中题，便卧松风到曙鸡。
带月时闻山鸟语，郡城知近武陵溪。

送于总持归京

出家初隶何方寺，上国西明御水东。
却见旧房阶下树，别来二十一春风。

崔卿池上鹤

月中时叫叶纷纷，不异洞庭霜夜闻。
翎羽如今从放长，犹能飞起向孤云。

登田中丞高亭

高亭林表迥嵯峨，独坐秋宵不寝多。
玉兔玉人歌里出，白云难似莫相和。

友人婚杨氏催妆

不知今夕是何夕，催促阳台近镜台。
谁道芙蓉水中种，青铜镜里一枝开。

酬朱侍御望月见寄

他寝此时吾不寝,近秋三五日逢晴。
相思唯有霜台月,望尽孤光见却生。

题韦云叟草堂

新起此堂开北窗,当窗山隔一重江。
白茅草苫重重密,爱此秋天夜雨淙。

和韩吏部泛南溪

溪里晚从池岸出,石泉秋急夜深闻。
木兰船共山人上,月映渡头零落云。

方　镜

背如刀截机头锦,面似升量涧底泉。
铜雀台南秋日后,照来照去已三年。

酬姚合

黍穗豆苗侵古道,晴原午后早秋时。
故人相忆僧来说,杨柳无风蝉满枝。

送灵应上人

遍参尊宿游方久，名岳奇峰问此公。
五月半间看瀑布，青城山里白云中。

赠丘先生

常言吃药全胜饭，华岳松边采茯神。
不遣髭须一茎白，拟为白日上升人。

渡桑干

客舍并州已十霜，归心日夜忆咸阳。
无端更渡桑干水，却望并州是故乡。

夜期啸客吕逸人不至

逸人期宿石床中，遣我开扉对晚空。
不知何处啸秋月，闲著松门一夜风。

夜集乌行中所居

环炉促席复持杯，松院双扉向月开。
座上同声半先达，名山独入此心来。

寻石瓮寺上方

野寺入时春雪后,崎岖得到此房前。
老僧不出迎朝客,已住上方三十年。

早秋寄题天竺灵隐寺

峰前峰后寺新秋,绝顶高窗见沃洲。
人在定中闻蟋蟀,鹤从栖处挂猕猴。
山钟夜渡空江水,汀月寒生古石楼。
心忆悬帆身未遂,谢公此地昔年游。

黎阳寄姚合

魏都城里曾游熟,才子斋中止泊多。
去日绿杨垂紫陌,归时白草夹黄河。
新诗不觉千回咏,古镜曾经几度磨。
惆怅心思滑台北,满杯浓酒与愁和。

送崔约秀才

归宁仿佛三千里,月向船窗见几宵。
野鼠独偷高树果,前山渐见短禾苗。
更深栅锁淮波疾,苇动风生雨气遥。
重入石头城下寺,南朝杉老未干樵。

咏 怀

纵把书看未省勤,一生生计只长贫。
可能在世无成事,不觉离家作老人。
中岳深林秋独往,南原多草夜无邻。
经年抱疾谁来问,野鸟相过啄木频。

夏日寄高洗马

三十年来长在客,两三行泪忽然垂。
白衣苍鬓经过懒,赤日朱门偃息迟。
花发应耽新熟酒,草颠还写早朝诗。
不缘马死西州去,画角堪听是晓吹。

送周判官元范赴越

原下相逢便别离,蝉鸣关路使回时。
过淮渐有悬帆兴,到越应将坠叶期。
城上秋山生菊早,驿西寒渡落潮迟。
已曾几遍随旌旆,去谒荒郊大禹祠。

送罗少府归牛渚

作尉长安始三日,忽思牛渚梦天台。
楚山远色独归去,灞水空流相送回。

霜覆鹤身松子落，月分萤影石房开。
白云多处应频到，寒涧泠泠漱古苔。

题童真上人

江上修持积岁年，滩声未拟住潺湲。
誓从五十身披衲，便向三千界坐禅。
月峡青城那有滞，天台庐岳岂无缘。
昨宵忽梦游沧海，万里波涛在目前。

赠温观主

一别罗浮竟未还，观深廊古院多关。
君来几日行虚洞，仙去空坛在远山。
胎息存思当黑处，井华悬绠取朝间。
弊庐道室虽邻近，自乐冬阳炙背闲。

贺庞少尹除太常少卿

太白山前终日见，十旬假满拟秋寻。
中峰绝顶非无路，北阙除书阻入林。
朝谒此时闲野展，宿斋何处止鸣砧。
省中石镫陪随步，唯赏烟霞不厌深。

上邠宁刑司徒

箭头破帖浑无敌,杖底敲球远有声。
马走千蹄朝万乘,地分三郡拥双旌。
春风欲尽山花发,晓角初吹客梦惊。
不是邢公来镇此,长安西北未能行。

欲游嵩岳留别李少尹益

孤策迟回洛水湄,孤禽嘹唳幸人知。
嵩岳望中常待我,河梁欲上未题诗。
新秋爱月愁多雨,古观逢仙看尽棋。
微眇此来将敢问,凤凰何日定归池。

病鹘吟

俊鸟还投高处栖,腾身戛戛下云梯。
有时透雾凌空去,无事随风入草迷。
迅疾月边捎玉兔,迟回日里拂金鸡。
不缘毛羽遭零落,焉肯雄心向尔低。

赠　僧

从来多是游山水,省泊禅舟月下涛。
初过石桥年尚少,久辞天柱腊应高。

青松带雪悬铜锡，白发如霜落铁刀。
常恐画工援笔写，身长七尺有眉毫。

赠翰林

清重无过知内制，从前礼绝外庭人。
看花在处多随驾，召宴无时不及身。
马自赐来骑觉稳，诗缘见彻语长新。
应怜独向名场苦，曾十馀年浪过春。

颂德上贾常侍

边臣说使朝天子，发语轰然激夏雷。
高节羽书期独传，分符绛郡滞长材。
啁啾鸟恐鹰鹯起，流散人归父母来。
自顾此身无所立，恭谈祖德朵颐开。

田将军书院

满庭花木半新栽，石自平湖远岸来。
笋迸邻家还长竹，地经山雨几层苔。
井当深夜泉微上，阁入高秋户尽开。
行背曲江谁到此，琴书锁著未朝回。

投庞少尹

闭户息机搔白首,中庭一树有清阴。
年年不改风尘趣,日日转多泉石心。
病起望山台上立,觉来听雨烛前吟。
庞公相识元和岁,眷分依依直至今。

夏夜登南楼

水岸寒楼带月跻,夏林初见岳阳溪。
一点新萤报秋信,不知何处是菩提。

题青龙寺

碣石山人一轴诗,终南山北数人知。
拟看青龙寺里月,待无一点夜云时。

赠李文通

营当万胜冈头下,誓立千年不朽功。
天子手擎新钺斧,谏官请赠李文通。

题虢州三堂赠吴郎中

无穷草树昔谁栽,新起临湖白石台。
半岸泥沙孤鹤立,三堂风雨四门开。
荷翻团露惊秋近,柳转斜阳过水来。
昨夜北楼堪朗咏,虢城初锁月裴回。

送　僧

池上时时松雪落,焚香烟起见孤灯。
静夜忆谁来对坐,曲江南岸寺中僧。

三月晦日赠刘评事

三月正当三十日,风光别我苦吟身。
共君今夜不须睡,未到晓钟犹是春。

送张道者

新岁抱琴何处去,洛阳三十六峰西。
生来未识山人面,不得一听乌夜啼。

题鱼尊师院

老子堂前花万树,先生曾见几回春。
夜煎白石平明吃,不拟教人哭此身。

宿村家亭子

床头枕是溪中石,井底泉通竹下池。
宿客未眠过夜半,独闻山雨到来时。

送称上人

归蜀拟从巫峡过,何时得入旧房禅。
寺中来后谁身化,起塔栽松向野田。

杨秘书新居

城角新居邻静寺,时从新阁上经楼。
南山泉入宫中去,先向诗人门外流。

听乐山人弹易水

朱丝弦底燕泉急,燕将云孙白日弹。
嬴氏归山陵已掘,声声犹带发冲冠。

经苏秦墓

沙埋古篆折碑文，六国兴亡事系君。
今日凄凉无处说，乱山秋尽有寒云。

题戴胜

星点花冠道士衣，紫阳宫女化身飞。
能传上界春消息，若到蓬山莫放归。

题隐者居

虽有柴门常不关，片云孤木伴身闲。
犹嫌住久人知处，见拟移家更上山。

哭孟东野

兰无香气鹤无声，哭尽秋天月不明。
自从东野先生死，侧近云山得散行。

过京索先生坟

京索先生三尺坟，秋风漠漠吐寒云。
从来有恨君多哭，今日何人更哭君。

客　思

促织声尖尖似针,更深刺著旅人心。
独言独语月明里,惊觉眠童与宿禽。

盐池院观鹿

条峰五老势相连,此鹿来从若个边。
别有野麋人不见,一生长饮白云泉。

黄鹄下太液池

高飞空外鹄,下向禁中池。
岸印行踪浅,波摇立影危。
来从千里岛,舞拂万年枝。
踉跄孤风起,裴回水沫移。
幽音清露滴,野性白云随。
太液无弹射,灵禽翅不垂。

代旧将

旧事说如梦,谁当信老夫。
战场几处在,部曲一人无。
落日收病马,晴天晒阵图。
犹希圣朝用,自镊白髭须。

老　将

胆壮乱须白，金疮蠹百骸。
旌旗犹入梦，歌舞不开怀。
燕雀来鹰架，尘埃满箭靫。
自夸勋业重，开府是官阶。

春　行

去去行人远，尘随马不穷。
旅情斜日后，春色早烟中。
流水穿空馆，闲花发故宫。
旧乡千里思，池上绿杨风。

题郑常侍厅前竹

绿竹临诗酒，婵娟思不穷。
乱枝低积雪，繁叶亚寒风。
萧飒疑泉过，萦回有径通。
侵庭根出土，隔壁笋成丛。
疏影纱窗外，清音宝瑟中。
卷帘终日看，欹枕几秋同。
万顷歌王子，千竿伴阮公。
露光怜片片，雨润爱濛濛。
嶰谷蛮湖北，湘川灉水东。
何如轩槛侧，苍翠袅长空。

早 行

早起赴前程,邻鸡尚未鸣。
主人灯下别,羸马暗中行。
蹋石新霜滑,穿林宿鸟惊。
远山钟动后,曙色渐分明。

送人南归

分手向天涯,迢迢泛海波。
虽然南地远,见说北人多。
山暖花常发,秋深雁不过。
炎方饶胜事,此去莫蹉跎。

送人南游

此别天涯远,孤舟泛海中。
夜行常认火,帆去每因风。
蛮国人多富,炎方语不同。
雁飞难度岭,书信若为通。

送道者

独向山中见,今朝又别离。
一心无挂住,万里独何之。

到处绝烟火,逢人话古时。
此行无弟子,白犬自相随。

风　蝉

风蝉旦夕鸣,伴叶送新声。
故里客归尽,水边身独行。
噪轩高树合,惊枕暮山横。
听处无人见,尘埃满甑生。

清明日园林寄友人

今日清明节,园林胜事偏。
晴风吹柳絮,新火起厨烟。
杜草开三径,文章忆二贤。
几时能命驾,对酒落花前。

上杜驸马

玉山突兀压乾坤,出得朱门入戟门。
妻是九重天子女,身为一品令公孙。
鸳鸯殿里参皇后,龙凤堂前贺至尊。
今日澧阳非久驻,伫为霖雨拜新恩。

莲峰歌

锦砾潺湲玉溪水，晓来微雨藤花紫。
冉冉山鸡红尾长，一声樵斧惊飞起。
松刺梳空石差齿，烟香风软人参蕊。
阳崖一梦伴云根，仙菌灵芝梦魂里。

壮士吟

壮士不曾悲，悲即无回期。
如何易水上，未歌先泪垂。

竹

篱外清阴接药栏，晓风交戛碧琅玕。
子猷没后知音少，粉节霜筠漫岁寒。

李斯井

井存上蔡南门外，置此井时来相秦。
断绠数寻垂古甃，取将寒水是何人。

题诗后

二句三年得，一吟双泪流。
知音如不赏，归卧故山秋。

送友人之南陵

莫叹徒劳向宦途，不群气岸有谁如。
南陵暂掌仇香印，北阙终行贾谊书。
好趁江山寻胜境，莫辞韦杜别幽居。
少年跃马同心使，免得诗中道跨驴。

寻人不遇

闻说到扬州，吹箫有旧游。
人来多不见，莫是上迷楼。

行次汉上

习家池沼草萋萋，岚树光中信马蹄。
汉主庙前湘水碧，一声风角夕阳低。

马　嵬

长川几处树青青，孤驿危楼对翠屏。
一自上皇恫怅后，至今来往马蹄腥。

冬夜送人

平明走马上村桥，花落梅溪雪未消。
日短天寒愁送客，楚山无限路迢迢。

句

晴风吹柳絮，新火起厨烟。
长江风送客，孤馆雨留人。
古岸崩将尽，平沙长未休。
不如牛与羊，犹得日暮归。

关于贾岛的评论

苦吟诗人贾岛

唐代诗人,字浪仙,范阳人。早年出家为僧,号无本。元和五年(810年)冬,至长安,见张籍。次年春,至洛阳,始谒韩愈,以诗深得赏识。传说贾岛在长安跨驴背吟"鸟宿池边树,僧敲月下门"一联,炼"推""敲"字不决,误冲京兆尹韩愈车骑,韩为定"敲"字。后还俗,屡举进士不第。文宗时,因诽谤,贬长江主簿。曾作《病蝉》诗"以刺公卿"。开成五年(840年),迁普州司仓参军。武宗会昌三年(843年),在普州去世。

贾岛在韩门,常从张籍、孟郊游。又与马戴、姚合为诗友,往来酬唱甚密。他擅长五律,苦吟成癖,自谓"一日不作诗,心源如废井""二句三年得,一吟双泪流"。其诗造句奇特,给人印象深刻,常写荒寒冷落之景,表现愁苦幽独之情。例如"独行潭底影,数息树边身";"怪禽啼旷野,落日恐行人";"归吏封宵钥,行蛇入古桐"等句,梅尧臣评为"状难写之景,如在目前,含不尽之意,见于言外"。这类惨淡经营的诗句,构成贾岛诗奇僻清峭的风格,给人以枯寂阴暗之感。也有于幽独中表现清美意境的,如"长江人钓月,旷野火烧风";"芦苇声兼雨,芰荷香绕灯"之类。此外如"秋风生渭水,落叶满长安"一联,谢榛评为"气象雄浑,大类盛唐"。又如绝句《剑客》:"十年磨一剑,霜刃未曾试。今日把似君,谁为不平事?"颇有气概。《代边将》也有"报国""平虏"的壮语。但集中存诗三百多首,绝大部分是寄赠酬唱之作,题材范围狭小;又偏重炼句,忽视完整的艺术境界的创造,所以司空图说:"贾浪仙诚有警句,视其全篇,意思殊馁。"

贾岛诗风的渊源,有人认为来自杜诗的一个方面,如孙说:"公(杜甫)之诗支而为六家……贾岛得其奇僻。"但主要还是取决于贾岛的生活,所以胡仔引张耒语:"唐之晚年诗人类多穷士,如孟东野、贾浪仙之徒,皆以刻琢穷苦之言为工。或谓郊岛孰贫?曰岛为甚也。"

贾岛诗在晚唐形成流派,影响颇大。唐代张为《诗人主客图》列为"清奇雅正"升堂七人之一。清代李怀民《中晚唐诗人主客图》则称之为"清奇僻苦主",并列其"入室""及门"弟子多人。晚唐李洞、五代孙晟等人十分尊崇贾岛,甚至对他的画像及诗集焚香礼拜,事之如神。

贾岛著有《长江集》十卷,通行有《四部丛刊》影印明翻宋本。李嘉言《长江集新校》,用《全唐诗》所收贾诗为底本,参校别本及有关总集、选集,附录所撰《贾岛年谱》《贾岛交友考》以及所辑贾岛诗评等,较为完备。事迹见《新唐书》本传。

贾 岛 墓

在今四川省安岳县城南郊安泉山。长十二米,宽、高各三米、砌石为垣。现有清建墓碑"唐普州司户参军浪仙之墓"。墓前有清建瘦诗亭、内陈历代文人吊唁贾岛的石刻诗文。

唐开成五年(公元 840 年),贾岛六十一岁时迁来普州,任司仓参军。他到任后,曾组织讲学。政务之余常去南楼(南门外过街楼,1958 年拆除)读书作诗。曾写出《夏夜登南楼》诗:"水岸寒楼带月跻,夏林初见岳阳溪。一点新萤报秋信,不知何处是菩提。"此外,还有《寄武功姚主簿》《送裴校书》《送僧》《原上草》《咏怀》等诗篇,均为贾岛在南楼写成。唐会昌三年(843 年),朝廷升贾岛为普州司户参军,未受命而身先卒,终年六十四岁。遗体安葬在安岳县城南安安山麓。他的朋友苏绛为他写了"贾司仓墓志铭",记述贾岛生平、死、葬日期和地点等甚详。清乾隆年间(1736—1795 年),安岳县令徐观海在墓前建造"瘦诗亭"。后来的县令斐显忠又进行重建,并立牌坊,至今尚存。

尘缘未绝说贾岛

贾岛是个半俗半僧的诗人。

他文场失意后,便去当和尚,法号无本。无本者,即无根无蒂、空虚寂灭之谓也。看来他要一辈子念佛了。但后来与韩愈相识,执弟子之礼。在韩愈的劝说下,还俗应举,中了进士。为僧难免思俗,入俗难弃禅心。"发狂吟如哭,愁来坐似禅。"俗味很浓,僧味也不淡。他正是在这双重性中度过自己的一生。

贾岛因带着一肚皮牢骚出家,所以虽身在佛门,却未能忘却尘世的烦恼。他在洛阳为僧时,当局规定午后不得出寺。若换个出家人,不许出就不出。佛国无边,何处不可修心养性?然而他却觉得自由受缚,不能忍受。于是叹道:"不如牛与羊,犹得日暮归。"他为人非常执着,一旦向前,就不易回头。无论是为僧,还是还俗,都富有挑战性。

他是苦吟诗人,行坐寝食,都不忘作诗,常走火入魔,惹出麻烦。据说曾出了两次交通事故。一次是骑驴过街,没注意行人。当时秋风萧瑟,黄叶飘零,便信口吟出"落叶满长安"之句。寻思上联,忽以"秋风吹渭水"作对,喜不自胜,结果撞上"市长"大人车马,被拘一夕。一次是去访问李凝幽居,于驴背上得"鸟宿池边树,僧敲月下门"之句。其中"敲"字又欲作"推"字,一时未定,神思恍惚,结果又撞上韩愈的车马。传说虽不完全可信,但他那份痴迷,则是有根有据的。

他时刻想推销自己。"十年磨一剑,霜刃未曾试。今日把示君,谁有不平事?"气冲斗牛,一副侠胆。其实他骨瘦如鹤,气短力微,只不过借剑喻己,想人赏识罢了。唐代的举子要想在科场上显露头角,往往要疏通关节,寻找坚强的靠山。而他出身微贱,朝中无亲故,缺乏外援,所以他恨这个社会的不公。他认为自己没有出路,是因受到公卿的压抑所致。他从裴度庭院经过,吟道:"破却千家作一池,不栽桃李种蔷薇。蔷薇花落秋风起,荆棘满庭君始知。"裴度平定叛乱有功,封晋国公。他聚敛甚多,长安有高第。贾岛一见,火从内发,故作诗嘲之。他蔑视权贵,不把他们放在眼里。及第后,他寓居法干无可精舍。一日宣宗微服出游,行至寺中,闻人吟诗,便循声登楼,见案上诗卷,便取来浏览。贾岛在后面,一手夺走。他不认识宣宗,便瞪眼嚷道:"郎君鲜食美服,哪懂这个?"事后十分紧张,伏阙待罪。朝廷给他一个长江县主簿的小官,将他贬出长安。唐代有两位诗人的作品,涉及此事。安奇诗云:"骑驴冲大尹,夺卷忤宣宗。"李克恭诗云:"宣宗谪去为闲事,韩愈知来已振名。"

贾岛有个堂弟叫无可,也是诗人。当时两人一道出家。贾岛耐不住寂寞,杀了回马枪;而无可仍在合掌向佛。贾岛还俗时曾有约,将来仍出家,可一落尘网便被裹住。无可写诗提醒他,不要忘约。贾岛说,我怎么能忘啊?"名山思向往,早晚到嵩丘。""终有烟霞约,天台作近邻。"他对佛门的清静,仍怀向往之情。但说是说,行动是行动,这两者充满矛盾。

贾岛一生,为诗艺洒尽心血。"二句三年得,一吟双泪流",锤炼出许多精品。韩愈赠诗云:"孟郊死葬北邙山,从此风云得暂闲。天恐文章浑断绝,故生贾岛著人间。"贾岛与孟郊齐名,影响深远。但他的一生,贫困潦倒,官职微小,禄不养身。死之日,家无一钱,只有一头病驴和一张古琴,教人为之一叹:他是否感到此生值得,含笑而去,或是后悔还俗,不如诵经?这就不得而知了。

贾岛的创作态度

现时北京市所属各区、各县,在历史上曾经出现了许多著名的人物,有文有武,数以百计。其中有一个著名的大诗人,就是唐代的贾岛。

据《旧唐书》《全唐诗话》以及苏绛为贾岛写的墓志铭等的记载,贾岛是当时范阳郡的人。唐代设置的范阳郡,包括现在的大兴、房山、昌平、顺义等县。这一带早在春秋战国时期,属于幽燕之地,英雄豪侠慷慨悲歌,成了传统的风气。正如贾岛在一首题为《剑客》的五言绝句中写的:"十年磨一剑,霜刃未曾试;今日把示君,谁有不平事?"这位诗人显然想借此来表达他自己的心情。

然而,贾岛之所以成名,却并非由于他的英雄气概,而是由于他的苦吟。贾岛的苦吟,实际上是在炼意、炼句、炼字等方面都用了一番苦攻夫。而这些又都是与作品的思想内容和时代性分不开的。首先我们看到贾岛非常用力于炼意,因而他的作品具有引人入胜的意境。如果写一首诗而意境不佳,味同嚼蜡,叫人读了兴趣索然,那就不如无诗。有了好的意境,然后还必须保证这种意境能够在字句上充分表达出来。

贾岛的每句诗和每个字都经过反复的锤炼,用心推敲修改。但是到了他写成之后,却又使读者一点也看不出修改的痕迹,就好像完全出于自然,一气呵成的样子。由此可见,所谓苦吟只能是从作者用功的方面说的,至于从读者欣赏的方面说,却不应该看出作者的苦来。

贾岛有许多作品都可以证明这一点。例如《渡桑干河》的诗写道:"客舍并州已十霜,归心日夜忆咸阳。无端更渡桑干水,却望并州是故乡。"这首诗的意思很曲折,而字句却很平易。这样就显得诗意含蓄,使读者可以反复地咀嚼它的意味。如果多用一两倍的字句,把它的意思全都写尽,读起来就反而没有意思了。在贾岛的作品中,像这样的例子太多。

读过中国文学史的人,都知道韩愈非常赏识贾岛的作品。《全唐诗话》记载韩愈赠贾岛诗曰:"孟郊死葬北邙山,日月星辰顿觉闲。天恐文章中断绝,再生贾岛在人间。"虽然有人说这不是韩愈的诗,但是这至少可以代表当时人们对贾岛的评价。后来的人常常以"险僻"二字来评论贾岛的诗,那实在是不恰当的。

尽管人们也能举出若干证据、说明贾岛的诗对于后来的诗坛发生了不良影响。比如,宋代有所谓江湖诗派,明代有所谓竟陵诗派,以及清末同光年间流行的诗体,一味追求奇字险句,内容贫乏,变成了形式主义。如果把这些都归罪于贾岛的影响,是不公平的。各个时代诗歌流派的优缺点,主要的应该从该时代的历史条件和社会背景中寻找根源,前人不能为后人担负什么责任。贾岛的创作态度是很严肃的,这一点直到今天仍然值得我们学习。假若有人片面地和表面地模仿贾岛,以致产生了坏诗,这怎么能叫贾岛负责呢!

郊寒岛瘦

苏东坡这个人挺有意思,他并没有像欧阳修《六一诗话》和尤袤《全唐诗话》那样的诗话行世,却经常有关于诗文的观点一鸣惊人。诸如"观摩诘之诗,诗中有画;味摩诘之画,画中有诗。""杜诗、韩文、颜书,皆集大成者也。"孟浩然之诗,韵高而才短。"郊寒岛瘦也是他提出的,而且概括得也是如此的准确、生动和形象。

"郊寒岛瘦"缘何说起,当然由孟郊贾岛诗风而来,主要是指他们诗作中所体现出来的狭隘的格局,穷愁的情绪和苦吟的精神。两人都是一生不曾做过什么像样的官,孟郊本人性情耿介,是个不善与别人往来的人,考了三次之后才于五十岁时中了个进士,得到一个可怜的小官位。但他平时总爱将时间花在饮酒弹琴交友赋诗上面,不理政务,最后竟由别人代他的职,自己拿着半俸回家,过上了一贫彻骨,裘褐悬结的清苦日子。他的诗作因此而愈见其"寒",如:"贫病诚可羞,故床无新裘。春色烧肌肤,时餐苦咽喉。倦寝意蒙昧,强言声幽柔。承颜自俯仰,有泪不敢流。默默寸心中,朝愁续暮愁。夜学晓未休,苦吟神鬼愁。如何不自闲,心与身为仇。死辱片时痛,生辱长年羞。清桂无直枝,碧江思旧游。"贾岛曾作过和尚,算是个"诗僧"。《唐才子传》说他居京三十年,屡试不中"连败文场,囊箧空甚,遂为浮屠",虽然穷成这样,仍不掩贾岛其性情中人的一面。有一天,宣宗微服私访来到贾所在的寺中,闻楼上有吟诗之声,遂移步上楼,见案上有诗便展卷浏览,贾岛不认识皇上,劈手将诗卷夺过,声色俱厉,冷言嘲讽。幸亏皇上有风度,自己下楼一走了之。后来,贾才发觉事情不对,吓坏了,忙跑到宫前请罪,倒使皇上感到惊讶。这段故事太像演绎,不大靠得住,但却颇可见贾岛的脾气秉性。

孟郊和贾岛长年生活在穷苦潦倒之中,虽然都曾得到过当时韩愈的奖掖与资助,但并没使他们摆脱现实生活的困顿。所以在他们的诗中,像"泪"

"恨""死""愁""苦"这样的字眼随处可见。

"飒飒秋风生,愁人怨离别。含情两相向,欲语气先咽。心曲千万端,悲来却难说。别后惟所思,天涯共明月。""试妾与君泪,两处滴池水。看取芙蓉花,今年为谁死。""一日不作诗,心源如废井。笔砚为辘轳,吟咏作縻绠。朝来重汲引,依旧得清冷。书赠同怀人,词中多苦辛。"事情就是这样,"文章憎命达,魑魅喜人过",因为诗人长年生活在穷困之中,所以才可能深入地接触社会,其诗才更见性情和艺术。虽然,孟郊在考取了进士之后也曾写出"春风得意马蹄疾,一日看尽长安花"这样精神抖擞意气风发的豪情,也写过"慈母手中线,游子身上衣"这种亲情至上的千古名句,但是这些毕竟不是他的主旋律,"郊寒"才是他的主色调。请看他这样写怀乡的情绪:"愁人独有夜烛见,一纸乡书泪滴穿";他这样写世态炎凉:"弃置复弃置,情如刀剑伤";他这样写情感世界:"试妾与君泪,两处滴池水";他这样写自然的萧疏:"冷露滴梦破,峭风梳骨寒"。"诗从肺腑出,出辄愁肺腑。"这才是孟郊的风格特色。《临汉隐居诗话》中说他"孟郊诗蹇涩穷僻,琢削不假,真苦吟而成。观其句法、格力可见矣。其自谓'夜吟晓不休,若吟神鬼悉。如何不自闲,心与身为仇。'"贾岛虽不如"郊寒",却也有其鲜明的个性.他写过"松下问童子,言师采药去。只在此山中,云深不知处"这样超脱闲逸的诗,也曾流露出"十年磨一剑,霜刃未曾试。今日把试君,谁有不平事"这样昂扬的豪气,但他的诗却多是靠"苦吟"而成的,所以仍旧显得面窄而雕琢。他自己对此是这样描述的:"二句三年得,一吟双泪流。知音如不赏,归卧故山秋。"关于贾岛,最为流行的故事就是"推敲"的典故。据说他成日沉 于雕词琢句之中,有一天竟然冲撞了京尹兆韩愈的车队,被左右拿下,推到韩愈面前"岛据实对,未定推敲,神游象外,不知回避"所以才冲撞了大人。原来他当时正在潜心琢磨"鸟宿池边树,僧敲月下门"中的动词"推",拿不定主意,是用"推"好,还是用"敲"好。韩愈见怪不怪,停下来想了半天方说:"敲字佳。"从此交上了贾岛这个布衣朋友,还"授以文法,去浮屠,举进士。"其实,这两个字都是可以用的,只不过用了"敲"就具有一种声音的美,更能衬托出夜深人静时的意境。

因为孟郊与贾岛平时作诗,总爱搜肠刮肚苦思冥想地遣词造句,加之以上所提及的诸方面客观因素的影响,所以诗作中具有"寒瘦窘迫"的风格也是自然的事情,他们都堪称中国诗史中的"苦吟诗人"。所不同的是,在当时孟郊乃"五古"大家,而贾岛为"五律"的领袖。

贾岛与镇安

一山未了一山迎,百里都无半里平。
宜是老禅遥指处,只堪图画不堪行。

镇安县在唐代称安业县。唐代诗僧贾岛的《题安业县》这首诗通俗易懂,明白如话,可以说是直观白描。然而它却十分生动准确地描绘和概括了镇安县的地形地貌、地理特点。"一山未了一山迎,百里都无半里平"。十四个普普通通汉字,描绘出这里不仅山多而且是山连着山,岭接着岭,密密麻麻,拥拥挤挤,没有一块稍微开阔的平地。特别是首句来一个"迎"字,把山写活了。你可以想见一位老僧踽踽行走在山谷小道上,一座山谷还没有走到尽头,前面又一座大山迎面向他走来,走了一天也见不到半里宽阔的平地。仅仅是山多吗?不。诗人紧接着用这么两句:"宜是老禅遥指处,只堪图画不堪行。"告诉你不仅是山多而密集,而且十分险峻高大。但是他没有直说山如何高大险峻,而是巧妙地用了一个比喻,说那山只能是画山水画的对象,没法行走的。今天我们走在镇安县的任何一个地方,抬头四望,目接千山万岭,不是同样会产生这样的感觉吗?短短四句诗,二十八个字,把镇安县的全境状貌描绘得十分生动形象,也证明了作者高超的概括能力和诗艺技巧。

贾岛的诗在唐代和孟郊齐名,但总的说他的诗不及孟郊,视野狭窄,内容浅薄,但是虽无佳篇,却也留下了许多佳句。如"秋风吹渭水,落叶满长安";"长江人钓月,旷野火烧风"等颇有韵味。他写了这样两句诗:"独行潭底影,数息树边身"。还在后面注上:"两句三年得,一吟双泪流"。足以说明他的"苦吟"精神,也可与"推敲"的故事互为印证。

贾岛大约四十岁前出家当和尚,他的法名无本。在长安期间,作为一个游僧,经常以长安为中心,外出浪游。估计他的《题安业县》当作于这一时期。镇安县的云盖寺,在唐代是一个颇具规模的寺院,僧众甚多。镇安县云盖寺镇政府院子里看,有一块唐代大中年间的残碑,那上面就记载了当时云盖寺的规模和扩建修整的盛况。作为一个四方云游的和尚，贾岛到镇安，游云盖寺是完全可能的。《镇安县志》中还收录了贾岛关于《夜宿云盖寺》三首绝句。写溪水、瀑布、山色都形神兼备，生动鲜活。有人疑不是贾岛之作，但从诗风看，仍以贾氏风格，通俗、直白、不用典。

　　贾岛一生穷困潦倒，在他滞留长安时期，在朋友们劝导下还俗，参加科举应试，结果屡试不中，还被斥为"僻涩无用之才"。大约到快六十岁才在四川蓬溪县当了几年主簿，后到安岳当了几年司仓参军。六十五岁死在任上。县主簿相当于文书，司仓参军就是管仓库的职员，都是品级最低下的微末之官。

贾岛诗集

贾岛的两次遭遇

这里说的是贾岛的两次有趣遭遇。

一次，贾岛在长安，骑着毛驴经过朱雀大街。时值深秋，风卷落叶。此时，贾岛灵感忽至，得一佳句："落叶满长安"。但上句未成，遂苦思不已。好不容易来了句"秋风吹渭水"，兴奋至极。一时手舞足蹈，不小心撞了京兆尹刘栖楚的仪仗。被刘栖楚抓起来关了一晚上，丧气得很……然而，贾岛却也未思悔改。

不久，贾岛又一次骑驴吟诗。驴上老想着他那一句"僧敲月下门"，到底是"推"好还是"敲"好，用手不停地比画推敲姿势。这回却是撞进韩愈的仪仗中，又被抓了起来！韩愈问他怎么回事，贾岛便老实地说了。幸好韩愈本人也是文学家兼诗人，不但没责怪贾岛，而且一起"推敲"良久，两人后来竟成了好友，也留下一段千古佳话。

下面是贾岛原诗：

闽国扬帆去，蟾蜍亏复圆。

秋风吹渭水，落叶满长安。

此夜聚会夕，当时雷雨寒。

兰桡殊未返，消息海云端。

《忆江上吴处士》

闲居少邻并，草径入荒园。

鸟宿池边树，僧敲月下门。

过桥分野色，移石动云根。

暂去还来此，幽期不负言。

《题李凝幽居》

孟郊和贾岛

孟郊和贾岛都是中唐时期著名的诗人,二人都同韩愈有着密切的联系,因此世人一般都将两人划为韩派诗人,尤其是孟郊,时有"孟诗韩笔"之称。的确,三者间存在着互相影响,不过他们之间在诗歌风格上也有着不同。

孟郊和贾岛在诗歌创作上既有共性,也有个性,苏轼曾用"郊寒岛瘦"来形容孟、贾在诗歌内容与艺术手法上的相似特征。所谓的"寒"和"瘦"在这里实际上含义是一致的,因为无论是孟郊还是贾岛,在诗歌的格局上都比较狭小,缺少盛唐诗人乃至同时代韩愈等人的奇丽壮美之气,使人不免有种局促之感;宋人严羽曾把他们的诗讥为"虫吟草间"。而孟、贾又皆喜在诗中绘声绘色地描写穷愁之态,让人看来颇为贫寒羸弱,加之孟、贾都是著名的苦吟诗人,作诗雕章琢句,呕心沥血,由此一句"郊寒岛瘦"逐渐成了众人的共识。

孟郊比贾岛大近三十岁,在中唐的元和年间,孟郊已是享誉诗坛的名宿,而那时的贾岛还是个默默无闻的后学。从贾岛的作品中可以看出,孟郊对其影响的很大,对于孟郊的诗,贾岛曾潜心学习,故此贾岛的五言古诗和孟郊的作品颇有相似之处。但是贾岛不光只继承孟郊衣钵,在这基础上也有所创新,他并没有一直跟在孟郊身后亦步亦趋,而是别开生面:不在五言古诗方面与孟郊一争短长,转而主攻五律。

五律的创作在大历之后,就一直处于低潮;元和时代的大家,几乎均不擅长五律。这主要是因为五律在经王、孟、刘、韦、大历十才子等人的带动下,沿着平淡清空的道路发展,已经达到了一个相当的高度;如果继续朝着这条路走,很难有所突破。孟郊一生很少创作五律,但他的五古所具有的那种幽僻奇险的意境,以及众多格言化的警句,如用在五律领域,则势必会为五律的创作开辟一条新路,而贾岛也正是这么努力的。

在五律的创作方面,贾岛的确有着卓越的成就,明胡应麟曾称之为"五言独造"。孟郊擅五古,贾岛擅五律,他们的不同点也在于此。世人常为孟郊贾岛孰优孰劣争论不休,其实二者各占胜场,从整个历史上来看也是"郊岛"并称者居多。

贾岛集评

贾岛之字,《贾公墓志铭》《新唐书》《郡斋读书志》《唐诗纪事》等均记其字为"浪仙",而《唐摭言》《直斋书录解题》《唐才子传》等则记之为"阆仙"。

阆字有三种读音,一读阳平的郎音,二读去声的浪音,三读上声的两音。第一种字义是"高大";第二种字义为"空旷";第三种字义则同"魍"字,"魍魎"亦可写为"罔阆",就是山川中的精怪。汉字在古代,同音字基本同义,如同"鬼"与"归"二字,汉代许慎《说文解字》释之曰——人所归为鬼。想想也对,人最终之归宿可不就是鬼嘛!

所以,"阆、浪"二字是通的,在此处也应读去声的浪音。即使"阆"字无放浪的字义,但倘无"空旷"的场子,你也放浪不开,由此,"浪仙"或"阆仙"也就无是无非了。

贾岛之籍贯,《贾公墓志铭》《新唐书》《唐才子传》均记为"范阳人";韩愈《送无本师归范阳》诗,除诗题中所言之"范阳"外,句中亦有"幽都"一说;宋人晁公武《郡斋读书志·卷四》又记之为"燕蓟人"。考《新旧两唐书·地理志》,幽州范阳郡所属有幽都县,即今北京西南部地区、天津、蓟县一带,亦称之为"燕蓟",旧属河北省管辖,建国后隶属天津,故贾岛籍贯应为今之天津。

贾岛之生卒年,剔除那些添乱的妄说以及各种史料版本里的误刻,删繁就简,依唐人苏绛所撰的《唐故司仓参军贾公墓志铭》来断,就简单了。其铭曰"会昌癸亥岁七月二十八日,终于郡官舍,春秋六十有五",由此对照,唐代会昌癸亥年为会昌三年(公元 843 年),上推六十五年则为唐代大历十四年(公元 779 年),故贾岛之生卒年一目了然,为公元 779 – 843 年。

初,连败文场,囊箧空甚,遂为浮屠,名无本。

若依此言,贾岛好似先屡次参加科考,因不中,才出家为僧的。五代时何光远所著的《鉴诫录》也记之为"岛后为僧,名无本"。然考《新唐书》《唐诗纪事》《直斋书录解题》等,均记之"初为浮屠,名无本",可只一个"初"字,范围又太大,童年至少年、青年乃至中年皆有可能。学界在此问题上也含糊其词,但基本倾向于先为僧、后还俗而参加科考,可惜理由不足以服人。

贾
岛
诗
集

其科考屡败之说，是可以确定的。贾岛写有《赠翰林》一诗曰"应怜独向名场苦，曾十余年浪过春"；又有《即事》诗曰"自嗟怜十上，谁肯待三征。"《鉴诫录》也记载说，"岛初赴名场日，常轻于先辈，以八百举子所业，悉不如己，自是往往独语，旁若无人"云云。是啊，八百个与他一同参加科考的举人都被他看不起，得罪人可就海了，由此遭到孤立，挺正常，屡考不中就更正常了。因为这样狂妄的人，主考官恐怕也不会喜欢，所以《鉴诫录》继续说，"公卿恶之，奏岛与平曾等风狂，挠扰贡院，是时逐出关外，号为十恶"，贾岛如此遭恨，且被列为疯狂考生中的"十恶"之一，能够想象得出其当时在贡院里的折腾程度。而"连败文场"，当然就中不了进士，更做不上官，所以他"囊箧空甚"也就必然。

贾岛有《下第》诗曰——

下第只空囊，如何住帝乡。
杏园啼百舌，谁醉在花傍。
泪落故山远，病来春草长。
知音逢岂易，孤棹负三湘。

亦有《送康秀才》诗曰——

俱为落第年，相识落花前。
酒泻两三盏，诗吟十数篇。
行歧逢塞雨，嘶马上津船。
树影高堂下，回时应有蝉。

还有《早蝉》诗曰——

早蝉孤抱芳槐叶，噪向残阳意度秋。
也任一声催我老，堪听两耳畏吟休。
得非下第无高韵，须是青山隐白头。
若问此心嗟叹否，天人不可怨而尤。

此三诗可嗅出屡次落第后的贾岛，简直看什么都不顺眼，长年寄居长安，为应付科考而坐吃山空，即使底子厚，也支撑不了漫长的十年，更何况原本就穷。

其为僧时名曰"无本"之说，应可信。除《新唐书》《唐诗纪事》《直斋书录解题》《鉴诫录》等书提及外，孟郊有《戏赠无本二首》，韩愈亦有《送无本师归范阳》，皆可证。

来东都,旋往京,居青龙寺。时禁僧午后不得出,为诗自伤。

贾岛何年至东都洛阳?从哪里来?学界以为贾岛是从河北范阳老家来的,先在元和五年到洛阳,当年底就去了长安;而元和六年在长安遇见韩愈、孟郊、张籍等人后,又于当年底返回河北范阳。且举出贾岛《投孟郊》诗,言其中"前岁曾入洛,差池阻从龙"句可说明贾岛于元和五年去过洛阳,并说此诗是贾岛于元和六年在长安写的。而孟郊赠贾岛的《戏赠无本二首》诗及韩愈的《送无本师归范阳》,学界也认为写于元和六年的长安。然考华忱之所编《孟郊年谱》,自元和二年直到元和九年,此七年间孟郊一直住在洛阳,所以,定孟郊《戏赠无本二首》写于长安,就又值得商榷了。考宋人洪兴祖所撰《韩子年谱》,韩愈在元和六年任兵部职方员外郎,倒确在长安。张籍则任太常寺太祝,居长安延康坊。

与《投孟郊》诗一样,贾岛亦有《投张太祝》与《投李益》诗,"投"便是投刺求见之意,应为贾岛初入洛阳或长安时以诗帖方式对几位"文坛老大"的主动求拜,然也有学者将《投张太祝》诗定为是贾岛写于老家河北范阳,恐误。诗中虽有"身眠东北泥,魂挂西南霞。手把一枝栗,往轻觉程赊"句,但贾岛即使身在洛阳或长安,也完全可以这样写。毕竟是诗,表达的是慕名求见的心情,而此四句可理解为"完成时态"也完全能通。

贾岛初到长安是否就是学界所说的元和六年,就不计较了。好在长安确有青龙寺,清人徐松撰写的《唐两京城坊考》记载说在"南门之东有青龙寺,本隋灵感寺……景云二年改青龙寺"云云。景云二年为公元711年,在贾岛出生前,看来贾岛寓居此寺时,已改叫青龙寺了。清末民初时,有位日本学者叫足立喜六,在当时西安(陕西高等学堂)任教习,他写了本《长安史迹研究》,甚至还找到了青龙寺的遗址,说就在今西安城外东南五里处,也拍了照片印在书里。照片上的青龙寺,仅剩两三间小殿而已,周围皆是平展的田圃。不过,据足立喜六说,青龙寺可是日本弘法大师入唐之初请益僧侣的留锡之处,正经是座名刹,特受日本人重视,甚至加载了日本佛教史。估计那时便常有日本释道人士来青龙寺取经学习,贾岛写有《送褚山人归日东》诗,送的便是位要回日本去的道士。还写有《送安南·惟鉴法师》诗,安南就是今天的越南,当时为大唐附属国。由此可知,当时到中国取经学习的不止日本,南亚一带的小国或邻国也常有访唐的释道人士。另外,贾岛也写有《题青龙寺》与《题青龙寺镜公房》诗可证其在长安确曾于青龙寺寄居过。

有关"时禁僧午后不得出,为诗自伤",《新唐书》则记为"来东都,时洛阳令禁僧午后不得出,岛为诗自伤"。据考元和五年时的"洛阳令"名叫窦牟,贾岛集中有《天津桥南山各题一句》的四人五绝联句诗,李益、韦执中、窦牟、贾岛各一句,可证明贾岛与时任洛阳令的窦牟认识并有往来。后来宋人计有功在《唐诗纪事》里还特别将贾岛写的那句颇带怨气的诗补上说是"不如牛与羊,独得日暮归"。此句诗并未见诸贾岛诗集的任何刻本。好在这句诗对形容不让僧人出门乱逛之事写得挺好,也颇似贾岛口吻,姑且就算他写的吧!

元和中,元白变尚轻浅,岛独按格入僻,以矫浮艳。

唐人李肇在其《国史补》里已说过,"元和以后……学浅切于白居易,学绮靡于元稹……"《唐才子传》此处之言,应本自《唐言》里"元和中,元白尚轻浅,岛独变格入僻,以矫浮艳"语。贾岛诗,其实并不"僻",就形式而言,多半采用的是中唐流行的"近体诗",统称为五七言律诗。贾岛传下的近四百首诗,五言律诗(含五言排律)多达二百五十余首,占了三分之二强。而所谓"变格入僻",实际是指他五律中的颔联与颈联的对偶用法,较多使用了流水对、借对、宽对、以轻对重、以人对物等技巧。比如《哭孟郊》一诗的颔颈两联曰——"寡妻无子息、破宅带林泉、冢近登山道、诗随过海船",用"寡妻"对"破宅","子息"对"林泉",就都是以人对物;而"无"对"带","近"对"随",字意对得其实也很宽。

就主题内容而言,也不是很"僻"。贾岛以景物来抒发心境的诗极多,正所谓象征或比兴,这手段,早在贾岛前就有不少诗人一直如此写,比如大历十才子耿湋的"树色迎秋老,蝉声过雨稀"以及李端的"芭蕉高自折,荷叶大先沉",人生的阅历与意味皆藏在字背后,就很爽气。贾岛也还有大量诗作是写给僧人与道士的,这与他曾为浮屠的身世当然有关。翻开他的集子,诸如《赠智朗禅师》《酬栖上人》《送无可上人》《送天台僧》《送丹师归闽中》等诗比比皆是,其中那位"无可上人"便是他的本家从弟。看来他家族中人还很有这方面的传统。唐人苏绛在《贾公墓志铭》里就介绍说他"祖宗官爵,顾未研详,中多高蹈不仕"者云云。

贾岛这样一种人生背景,其诗自然不会"浮艳"。若说他主动或有意去"矫正"诗坛的浮艳,历代评论者或学者们恐怕就太主观了,贾岛也没那么大工夫去管诗坛诗风之类的闲事。再说,诗这东西,不是说你想追求冷僻劲峭之类的就能追到的,那是天性使然,阅历使然,而非后天人力所能至。这一点，没写过诗的学者们是体会不到的。

> 当冥搜之际，前有王公贵人皆不觉。游心万仞，虑入无穷。自称碣石山人。

贾岛吟诗刻苦而专注，以至于即使遇见王公贵人，自己也了无觉察，这一情形最具代表性的故事，便是他与韩愈之间的"推、敲"段子，尽管许多学者皆怀疑纯属小说家言，不足信。《唐才子传》在后面也叙述了此事的全过程。

他自称"碣石山人"，恐与他的原籍之地河北范阳一带有关。考《尚书·禹贡》云："太行——恒山至于碣石，入于海"。《读史方舆纪要·卷十·直隶》条及《新唐书·地理志》均也记载河北昌黎或平州北平有"碣石山"，山顶因有巨石特出而得名。距贾岛的家乡很近，他必去游历过。在长安寓居时，他就写过一首思乡诗，中有"故山思不见，碣石沈寥东"，其《题青龙寺》诗亦称自己为"碣石山人一诗轴，终南山北数人知"，知其曾有"碣石山人"之名不虚也。

> 尝叹曰："知余素心者，惟终南，紫阁－白阁诸峰隐者耳！"

终南山位于长安以南约五十里处，在唐代，素为佛道及隐士们的集散地。山中有紫阁峰与白阁峰等数峰。"紫阁峰"之名得自于此峰一遇阳光照射便呈出耀眼紫色；"白阁峰"则因其峰顶常年积雪难融而名之。贾岛与佛道隐士的交往极多，尤其是他寓居长安期间，因与终南山距离较近，故时有隐者到长安游历结交。贾岛有《怀紫阁隐者》诗曰："……寄书应不到，结伴拟同寻，废寝方终夕，迢迢紫阁心。"亦有《寄白阁献公》诗曰："已知归白阁，山远晚晴看。石室人心静，冰潭月影残……"

有过僧人经历的人，在与俗世之人交往时，其心灵之间怕也如同"隔行如隔山"。这主要由于僧人每日所想，形而上居多，形而下极少，生死轮回、真假善恶、虚实两境等命题，充满了他们的精神生活，甚至也延伸到具体的物质生活中。所以，贾岛所说的"知余素心者，惟终南紫阁白阁诸峰隐者耳"，似乎就能理解一些。

> 嵩丘有草庐，欲归未得，逗留长安。虽行坐寝食，苦吟不辍。

对一般俗世中的诗人而言，可能是苦吟，但在贾岛那里，恐未必。俗人是想不通僧人的举止坐卧的。

此句所说的嵩丘，就是嵩山。估计在河南嵩山有友僧曾约他前往居住，贾岛有《欲游嵩岳留别李少尹益》诗曰——"孤策迟回洛水湄，孤禽嘹唳幸人知。嵩岳望中常待我，河梁欲上未题诗。新秋爱月愁多雨，古观逢仙看尽棋。微眇此来将敢问，凤凰何日定归池。"又有《寄江上人》诗曰"紫阁旧房在，新家中岳东"，点明其新家恐已备妥，就在嵩山中。

"逗留"二字传递出的信息显然是没在长安呆长，像蘸糖堆儿似的。学界考证，贾岛在元和五年到洛阳后，入冬便转到了长安。元和六年又返回洛阳，接着就回老家范阳了，并举出韩愈《送无本师归范阳》证明。元和七年他再从范阳至长安，不到两年的时间，他在长安－洛阳－范阳三地来来回回地折腾了两趟，又没火车汽车，真行！可他如此折腾是何目的呢？不知道。要不就是人家根本就没折腾，是学者们折腾得。

"尝跨蹇驴张盖，横截天衢。"时秋风正厉，黄叶可扫，遂吟曰"落叶满长安"，方思属联，杳不可得。忽以"秋风吹渭水"为对，喜不自胜。因唐突大京兆刘栖楚，被击一夕，旦释之。

"蹇"字读减音，跛也。蹇驴就是瘸腿驴，够惨的。此句讲贾岛因专注于苦吟偶句，没留神冲撞了京兆尹刘栖楚，而遭到拘留一夜的惩罚。考《旧唐书·敬宗·上》载，"宝历元年……十一月……壬辰，以刑部侍郎刘栖楚为京兆尹"云云。贾岛也有《寄刘栖楚》诗曰"趋走与偃卧，去就自殊分。当窗一丛树，上有万里云。离披不相顾，仿佛类人群。友生去更远，来书绝如焚。蝉吟我为听，我歌蝉岂闻。岁暮倘旋归，晤言桂氛氲。"看来，他得以结识三品大员刘栖楚，是"不撞不成交"啊。

贾岛苦苦寻觅上联"秋风吹渭水"的这首诗，题为《忆江上吴处士》——"闽国扬帆去，蟾蜍亏复圆。秋风吹渭水，落叶满长安。此地聚会夕，当时雷雨寒。兰桡殊未返，消息海云端。"这吴处士，不知何许人也。就贾岛诗句看，吴处士去的应是闽地福建。"处士"这种人，《荀子·非十二子》篇释之曰："古之所谓处士者，德盛者也、能静者也、修正者也、知命者也、箸是者也"（箸是：光明正大之意）。

后复乘闲访李余幽居，得句云云："鸟宿池中树，僧推月下门"，又欲作"僧敲"，炼之未定，吟哦引手作推敲之势，傍观亦讶。时韩退之尹京兆，车骑方出，不觉冲至第三节。左右拥列马前，岛具实对，未定推敲，神游象外，不知回避。韩驻久之，曰："敲字佳"。遂并辔归，共论诗道，结为布衣交。

考宋人洪兴祖所撰《韩子年谱》，韩愈任从三品京兆尹是在长庆三年（823年），时年五十六岁。倘若在这一年结识韩愈的话，贾岛则是四十五岁。

但学界就此故实颇多疑窦，纷纷加以否认，其繁复考证之由，因实在纷乱如麻，恕不援引。《长江集》里有此诗，题为《题李疑幽居》，而非"李余"。也有版本刻作"李凝""李款"的，莫衷一是。反正人名也不重要，不就是个符号嘛，爱谁谁吧。若非弄个究竟，现在只能先钉个钉子，挂着吧！此段子最早刊于五代时何光远所撰的《鉴诫录》，此后被多次转载于他书。

其实就"推、敲"二字而言，这要看贾岛与李疑二人之间的关系如何了，若不熟，像客人一般，就该用敲；若已混得烂熟，是哥们儿，用推就对了。韩愈之所以说敲字好，恐是考虑周边环境很幽静，若忽然出现几下敲门的声音，破一下，就生动，也更能衬托出"静"。不过，"推门"也未必就没有声响，"吱呀"一声也叫响，比敲更能显出"静"来。

遂授以文法，去浮屠，举进士。愈赠诗曰："孟郊死葬北邙山，日月风云顿觉闲。天恐文章浑断绝，再生贾岛在人间"。自此名著。

所谓贾岛从韩愈学"文法"，并非文章之法，实乃作诗之法也。岛有《携新文诣张籍、韩愈途中成》，其诗曰："袖有新成诗。欲见张韩老。青竹未生翼，一步万里道。仰望青冥天，云雪压我脑。失却终南山，惆怅满怀抱。安得西北风，身愿变蓬草。地祇闻此语，突出擎我到。"可见唐人称诗法，亦可言之为文法也。另外，诗中"失却终南山"句也可证贾岛自跟随韩愈、张籍学诗起，方始"去浮屠"。但究竟在何年，不好说。若依"推、敲"故实与韩愈初识之年算，则始于长庆三年(823年)，然因"推、敲"之事一直悬而未决，贾岛解袈还俗的时间就不可妄论了。

韩愈此诗最早刊于晚唐诗人韦庄所编的《又玄集》中，题为《赠贾岛》。但自宋人苏东坡言韩愈此诗为"世俗无知者所托"后，学界一直视为伪作。宋人魏怀忠、樊汝霖等人也均认为"推、敲"之事与韩愈此诗皆不可信。可事到如今，无论其"事"还是其"诗"，早已闹得沸沸扬扬、满城风雨，且深入人心，如同一张白纸已写上了字，涂也涂不掉，除非连这张纸一起消灭，否则便永远跟着贾岛。所以，与其被学者们乱涂一通，看得瞎糊糊的，不如就那么放着，还干净些。况且，这事与诗，挺符合贾岛的"苦吟"与韩愈的"好为人师"，即使时间、地点、官职等等皆对不上号，也无所谓了。

时新及第，寓居法干无可精舍。姚合、王建、张籍、雍陶，皆琴瑟之好。

贾岛实未有过进士或明经等科目及第的史证，反而倒有记他"不及第"的证据。《唐摭言》有〈韦庄奏请追赠不及第一近代者〉一阙，记录了韦庄请求朝廷追赠以往从未获得过进士出身的有才之士以进士名分,其中便有"皇甫松、李群玉、陆龟蒙、平曾、贾岛、温庭筠"等十数人。此处言岛"时新及第",不知本于何处。

"无可"其人前已有述,系贾岛的从弟。考《全唐诗》,有"无可"所作诗五十五首,中有《秋寄从兄贾岛》与《客中闻从兄岛游蒲绛因寄》二诗,题称岛为"从兄"可证。贾岛《长江集》中有写给无可的诗有五首,《僻居无可上人相访》诗曰——"自从居此地,少有事相关。积雨荒林圃,秋池照远山。砚中枯叶落,枕上断云闲。野客将禅子,依依偏往还。"无可得"精舍"当时在长安何处,不知道。但从此诗中我却得知了贾岛的住处是个偏僻之地,少有人来。张籍写过一首《过贾岛野居》诗,中有"此地去人远,知君终日闲"的句子,据说这个地方就在长安升道坊。《续玄怪录》一书中描绘(升道坊)说"尽是墟墓,绝无人住",整个一坟场,够吓人的。贾岛在长安延寿坊也住过,当时张籍住在(延康坊),与贾岛仅一坊之隔,故岛曾有诗曰"出门路纵横,张家路最直"。他何时又搬迁(升道坊),不知道。估计(升道坊)此处的房租要比延寿坊便宜,不然就不会像坟场似的。

姚合对贾岛而言,可谓密友。贾岛《长江集》中有写给姚合的诗多达十三首;《全唐诗》中,姚合写给贾岛的诗多达十二首。在《寄贾岛浪仙》一诗中,姚合描述了岛之所居及穷困孤寂的生活,"……所居率荒野,宁似在京邑。院落夕弥空,虫声雁相及。衣巾半僧施,蔬药常自拾。凛凛寝席单,翳翳灶烟湿颓篱里人度。败壁邻灯入……"在另一首《寄贾岛》里则又曰——"漫向城中住,儿童不识钱。瓮头寒绝酒,灶额晓无烟。狂发吟如哭,愁来坐似禅。新诗有几首,旋被世人传。"尤其是五、六两句,状贾岛吟诗如"哭",愁坐陋室如"禅",令人感到贾岛好似整日愁眉苦脸,高兴不起来。

王建与贾岛往来不多,贾岛写给王建的诗有三首,还有一首是一并写给张籍与王建两人的。考王建诗,仅有一首《寄贾岛》的七律,诗题下且还缀有"一作张籍赠项斯诗"的小注,但诗意却很像是描述贾岛的,引于下了"尽日吟诗坐忍饥,万人中觅似君稀。僮眠冷榻朝犹卧,驴放秋田夜不归。傍暖旋收红落叶,觉寒犹着旧生衣。曲江池畔时时到,为爱鸬鹚雨后飞。"

张籍对贾岛还是比较熟悉的,毕竟在长安住得很近,也同为韩愈门下。他写给贾岛的诗虽只有四首,但均写得很到位。《赠贾岛》一诗,在描摹贾岛生活状态的同时,顺便也道出贾岛科场落第的现实——"篱落荒凉僮仆饥,乐游原上住多时。蹇驴放饱骑将出，秋卷装成寄与谁。拄杖傍田寻野菜，封书乞米趁朝炊。姓名未上登科记，身屈惟应内史知。"在张籍笔下，我们看到了怀揣诗稿无处投寄的贾岛，拄着棍子去挖野菜的贾岛，写信给朋友乞求粮食的贾岛，名落孙山无可奈何的贾岛……而我的贾岛在《酬张籍、王建》一诗中也悲哀地自述道："疏林荒宅古坡前，久住还因太守怜。渐老更思深处隐，多闲数得上方眠。鼠抛贫屋收田日，雁度寒江拟雪天。身事龙钟应是分，水曹芸阁枉来篇。"

雍陶是成都人，在大和八年(834年)登进士第，历任监察御史、国子博士、简州刺史，后弃官闲居家乡，傲世终老。贾岛集中，有四首诗写给他，而雍陶一百三十二首诗中，提到贾岛的却只有一首，为《同贾岛宿无可上人院》："何处销愁宿，携囊就远僧。中宵吟有雪，空屋语无灯。静境唯闻铎，寒床但枕肱。还因爱闲客，始得见南能。"看来贾岛从弟无可的住处也够寒酸的了。

一日，宣宗微行至寺，闻钟楼上有吟声，遂登，于岛案上取卷览之。岛不识，因作色攘臂，睨而夺取之曰："郎君鲜醲自足，何会此耶?"帝下楼去，既而觉之，大恐，伏阙待罪，上讶之。他日，有中旨，令与一清官谪去者。乃授遂州长江主簿。

言贾岛冒犯宣宗之事亦见于《鉴诫录》;《唐摭言》则记为武宗;《北梦琐言》记此事与前两书略有异处;《新唐书》则记为"坐飞谤，贬长江主簿"之类;苏绛《贾公墓志铭》则记为"穿杨未中，遽罹飞谤，解褐责授遂州长江县主簿"。《鉴诫录》又有"忤旨授长江主簿，卑则至卑"语。查贾岛集中有《寄令狐相公》及《谢令狐相公赐衣九事》诗，前诗为岛赴长江县途中作，后诗则为到任后作。"令狐相公"就是令狐楚，曾任兴元节度使，卒于唐文宗开成二年(837年)。而宣宗与武宗两朝，均在文宗之后，故上述诸书所记此事发生于宣宗或武宗之时，恐皆非。依令狐楚之卒年来断，此事最晚也应发生在唐文宗开成二年之前，才合乎时间逻辑。另:既然此事发生在宣宗或武宗身上已无道理，应依苏绛《贾公墓志铭》及《新唐书》之说，是由于贾岛屡次科考不中因而出语伤人之故，才将他"轰"出长安的。

《鉴诫录》同时又记贾岛"诽谤"公卿诗是《病蝉》，并言"议者以浪仙自认病蝉，是无抟风之分";其诗曰:"病蝉飞不得，向我掌中行。折翼犹能薄，酸吟尚极清。露叶疑在腹，尘点候侵睛。黄雀并乌鸟，俱怀害尔情。"这诗确有以黄雀比喻庸俗阴险之公卿的意思在内。宋人范摅《云溪友议》也记载了与贾岛同为举子的平曾事,言"平曾以凭人傲物,多犯讳忌,竟没于县曹,知己叹其运蹇也……又作《潼关赋》而刺中朝,乃与贾岛齐谴,为时所忽,至于潦倒,诚可惜哉。"

另:贾岛本无功名,反因"诽谤罪"而得获正九品下阶的长江县主簿,何也? 原因很简单,《鉴诫录》用的是"忤旨"二字,《新唐书》用的是"贬"字,《贾公墓志铭》用的是"责授"二字,这结果其实就等于永远剥夺了贾岛考取功名的权利,也不再是由国家提供生活费"贡生"了。若拿今天作比的话,其实就是虽给你一个小官做,但你却没有大学乃至研究生之类的文凭,没有文凭也就意味着你这个官是缺乏文化修养的,面子也就不足,也就会被那些具有进士出身的官员们看不起。另外,长江县属远州,在今四川蓬溪县,与首都长安比,那就是流放,当然苦多了。

顺便说个小常识,"解褐"一词就是"脱去布衣,换穿官服"之意。"布衣"对具有贡生资格的人来说就是"麻衣"。唐代凡有应试资格的举子,都必须在衣袍外面套上一件由国家发给的麻衣,以别于平民。五代时的牛希济在其《荐士论》一文中描绘每年举子汇聚京师参加应考景象时便说,"郡国所送,群众千万。孟冬之月,集于京师。麻衣如雪,纷然满于九衢"云云。这麻衣是不能小看的,因为身穿着它的举子若遇见达官贵人,可以不行跪拜礼。再有,麻衣因是白色的,故尚未真正获得进士出身的举子们也被称为"白衣卿相"或"一品白衫",言外之意乃"保不准就是未来的卿相或一品大员"啊。宋人柳永有词曰"才子词人,自是白衣卿相",说的就是举子在未授官前,无异于"无冕之王",也可说是文人在没有获得高等身份时的一种自傲与自慰表达。

登第后的举子虽说可以脱掉麻衣了,但尚未及第的举子,一般都会抢着去要他们脱下来的麻衣穿在自己身上,视为好运。张籍便在《送李余及第后归蜀》一诗中写有"归去惟将新诰牒,后来争取旧衣裳"的诗句。而世之浅人不知,理解为一般的旧衣物,就大错特错了。当然也有考不中还愿意继续穿的,甚至一穿就是三五年乃至更长,破了也不换,唐彦谦便写有"麻已穿穴两京尘,十年东堂绿桂春"的诗句;杜荀鹤也有"东归还着旧麻衣,争免花前有泪垂"句。晚唐时有位叫刘德仁的举子,考了二十年也无缘及第,他索性一口气写了四首给主考官的诗,表己之叹,其中一首曰:"如病如痴二十秋,求名难得又难休。回看骨肉须堪耻,一着麻衣便白头。"

稍后迁普州司仓。临死之日，家无一钱，惟病驴－古琴而已。当时谁不爱其才而惜其命薄。

苏绛《贾公墓志铭》载："三年在任，卷不释手。秩满，迁普州司仓参军。"普州在今四川安岳县，司仓参军品秩为正八品下阶，虽说比原先的正九品下阶升了三格，但无非还是个看管仓库的低层小官而已。另，贾岛亦有《巴兴作》诗曰"三年未省闻鸿叫，九月何曾见草枯。"贾岛临终前，朝廷其实也还有诏将他转为"普州司户参军"，品秩没变，只是原地未动地换把椅子，由管理仓库转为管理户口。但老贾还没来得及办理交接手续就病故了。

贾岛之死，苏绛《贾公墓志铭》又载："会昌癸亥岁七月二十八日终于郡官舍，春秋六十有五。"《鉴诫录》则又稍加详细地说，"岛至老无子，因啖牛肉得疾，终于传署。"估计是吃了有些腐坏的牛肉，或吃得太多导致腹胀而疾病突发致死。其友人姚合写有《哭贾岛二首》，其二曰："杳杳黄泉下，嗟君向此行。有名传后世，无子过今生。新墓松三尺，空阶月二更。从今旧诗卷，人觅写应争。"

《唐才子传·李洞》条目记载了在贾岛死后约四五十年，诗人李洞为他铸了一尊铜像，贾岛可谓是大唐诗人中第一位被铸了铜像的诗人，而他的诗，也被李洞奉为"佛经"般神圣，用李洞的话说，"此无异佛经，归焚香拜之"。李洞亦写有《贾岛墓》诗，曰："一第人皆得，先生岂不销。位卑终蜀士，诗绝占唐朝。旅葬新坟小，魂归故国遥。我来因奠酒，立石用为标。"

岛貌清意雅，谈玄抱佛，所交悉尘外之人，况味萧条，生计岨峿。

贾岛的长相，倘若李洞为他塑的那尊铜像还在的话，就好办了，可惜谁也没看见。元人辛文房一定也没见过，否则就不会简单地用"貌清意雅"四个字来含糊其词了。对贾岛气质与长相的描述，我们在他友人的诗里大致可以找到些只言词组，孟郊《戏赠无本二首》诗中有"瘦僧卧冰凌，嘲咏含金痍"句，可知他身材很瘦；又有"有时踉跄行，人惊鹤阿师"句，《野客丛书》解释贾岛的"踉跄"行走时，给了八个字："言其乱走，则曰狼狈"，哈哈，乱走是怎么个走法——忽左忽右、忽快忽慢、忽颠忽跑……"鹤阿师"其实就是形容贾岛瘦削如鹤。姚合在《喜贾岛至》一诗里也有"爱眠知不醉，省语似相疏"的描述，可知贾岛贪睡，话也不多。贾岛自己也有一句诗来形容说"所餐类病马，动影似移岳"，看来是晚年了，又老又病，挪动一下身子都既费劲又迟缓，像挪动一座大山。

　　贾岛《长江集》中,送别、走访、留宿佛、道门逸人的诗篇极多,在其近四百首中高达近一百首,约占四分之一。对僧人也好,道士也罢,正所谓来者不拒,殊途同归。其实儒、释、道三家在中国文化与精神领域是互为借鉴与融合的,尽管释、道两门各自有其特殊的修行方式,追求的终极目标也有所不同,但阅历深的人其实心里很明白,修到一定境界,哪怕你写一辈子诗,也"成精"了。若论世俗风气,在佛、道门中也一样存在,比如等级与职务问题,论资排辈现象等,包括高层僧、道人士其实也很在意"身外之物",也觉得倘若得到皇上或国家赐给的袈裟、披肩、道冠、锡杖之类的荣誉物什,也愿意显示和张扬,也觉得黄金做成的东西比木头珍贵。

　　贾岛的文化底蕴与他人一样,依旧是儒家经典基础,这也是追求仕途之人的必备学养。唐虽自武德年后始倡"以诗赋取士",但并不是只写几句诗或几篇赋就能考取明经、明法、明书、俊士、进士等出身的,其他课题其实照考不误。开元年间大唐对进士科的考试内容就已包括了极其完善的三大方面:1.帖经;2.杂文;3.策。其后若干年中又不断有所调整与补充,然基本项目相对稳定。总之是这三方面内容缺一不可,而诗赋只占其中的"杂文"项而已。

　　贾岛当然明白进士考试的内容与及第标准,想必他的儒学底子也应很厚的。唐武德年后,科考之所以加入了"诗赋",主要是考虑平衡以往"经学"为主的局面,而加强"文学"性。辛文房讲贾岛"谈玄抱佛",对贾岛来说其实是"闲事",而"主业"依旧是经学与文学。当然,其诗歌中也充斥着不少与佛道义理有关的"所悟或心境",他自己亦有诗说,所谓"灯下南华卷",也就是为了"去愁当酒杯"。

　　他最著名的"禅意"之作,恐要数《寻隐者不遇》一诗了,短短五绝二十个字,却引来无数诗评家的贯耳掌声——"松下问童子,言师采药去。只在此山中,云深不知处。"但这一首,在《文苑英华》《唐音》《唐音统籤》三书中是挂在一个叫孙革的名下的;而挂在贾岛(或无本)名下的则是《万首唐人绝句》《唐诗品汇》二书,贾岛的《长江集》无载。不论此诗最终归属于谁,无非是借童子之答,写得不露痕迹而已。读诗总要读"后音儿"的,此诗字背后的所谓"境界"其实就是个"玄"字。佛道两门最误人的就是这个"玄"字,如同嘴里含块热豆腐,说不清,道不明,就差给他们一棍子,口齿就清晰了。

　　与贾岛交往的僧道逸人很多,诸如其诗中所言的"栖上人,历宗上人,知兴上人,贺兰上人,谭远上人,鉴周上人,绍明上人,弘泉上人,灵准上人,玄岩上人,灵应上人,童真上人,宣皎上人,智朗禅师,柏岩禅师,无怀禅师,胡禅师,宗密禅师,惠亚法师,去华法师,无得头陀,孟逸人,孙逸人,褚山人,牛山人”等。

辛氏言贾岛所谓“况味萧条、生计岨峿”,就是生活窘迫,此已每每见于贾岛及其友人的赠诗中。贾岛就任长江主簿的时间为开成二年(837 年),那时贾岛已五十八岁,大半辈子都过去了。数十年的僧人及举子生涯,原本就了无收入,而积蓄则更不可能。长江主簿位低九品,收入极薄,他一做就是三年。六十二岁时即使品秩升到正八品下阶的司仓参军,也好不了太多。故其死后“惟病驴、古琴”二物也就极其正常了。

自题曰:“二句三年得,一吟双泪流。知音如不赏,归卧故山秋。”今集十卷,并《诗格》一卷,传于世。

此诗亦不见贾岛集中,最早载于宋人魏泰《临汉隐居诗话》。魏泰说,贾岛的这首诗是注在他所写的另两句诗下的,那两句是“独行潭底影,数息树边身。”与此同时魏泰还评论说“不知此二句有何难道,至于三年乃成而一吟泪下也”云云。当然,魏泰看得也太具体了,倘若想得宏观些,就会明白贾岛不过如此说说而已,目的不在于真要花三年时间才写完两句诗,而在于告诉大家他作诗的认真态度与刻苦精神。倘真依此速度,六十五岁的贾岛一辈子岂不只能留下可怜的四十四句诗? 若再减五年,算他六岁起开始作诗,也就四十句吧!

有关贾岛作品的数量问题,《新唐书·艺文志》载曰“贾岛(长江集)十卷、又(小集)三卷……(诗格)一卷”;《宋史·艺文志》则记“贾岛(小集)八卷……(诗格密旨)一卷”。宋人龚鼎《贾浪仙祠堂记》曰:“浪仙由长江徙官安岳,而卒于会昌三年,凡为编次其诗者二人,许彬者谓之(小集),而天仙寺浮屠无可谓之(天仙集)”云云,可知唐时确有《小集》,为许彬编纂;又有《天仙集》,乃其从弟无可编纂。今所传贾岛诗,为《四库全书·集部·别集类》之《长江集》,收诗三百七十九首。《全唐诗》则收四百零三首,后又补入六首,共计四百零九首,若减去其中与他集重复的二十九首,实得岛诗三百八十首。至于宋人所记的《诗格》或《诗格密旨》一卷,估计是贾岛所写的诗论,可惜今已不传。

诗人推敲

驴是诗人最佳旅行工具,像骑马,"一日看尽长安花",比较俗。

陆游诗:"衣上征尘杂酒痕,远游无处不消魂。此身合是诗人未?细雨骑驴入剑门。"人仗驴势。贾岛骑驴直撞进韩愈的仪仗队。那壁厢大喝:找死呢?贾岛说,非也非也,我这儿正"推敲"呢。韩愈心想,咱文起八代之衰,你算是撞对人了,我看还是"僧敲月下门"比较好。

苗新建先生的《夜游珠山话推敲》,颇觉文章立意新奇、趣味横生,能发前人之所未发,实在令人钦佩。

关于"推敲"二字,不少人认为"推"字更佳,理由也大抵和苗先生相同。似乎"敲"字更有意境。试想,"山村之夜,更漏深深,睡意沉沉",忽然传来笃笃几声敲门声,岂不有"鸟鸣山更幽"的效果?此等以退为进以动衬静的手法原是唐代诗人惯用之技,譬如常建《破山寺后禅院》诗中云:"万籁此俱寂,唯闻钟磬音",就以寺庙钟声来反衬山林之静。况且从音律和谐上来讲,"鸟宿池边树,僧敲月下门"也比"僧推月下门"要上口得多。

有"和尚打伞——无法无天"的歇后语,但"和尚敲门"却不见得就是"无法无天"了。苗先生说和尚乃化外之人,然也,唐代有很多大诗人都向往云游的生活,杜牧有诗:"清时有味是无能,闲爱孤云静爱僧",所表达的恰是这样一种向往。贾岛诗中的僧人就是一云游僧人,由于贪路错过了客栈,于是只有向路旁人家求宿一晚了,这才有了"僧敲月下门"一说。假如这和尚贸然推门而入,那也太显得我佛无人了,竟连此等粗浅礼节也不懂。退一步说,倘那和尚果真敲的是自家的门,也未必不通情理,门内之人不见得就是尼姑和尚或许只是约好的朋友正在家中等待。看古代小说就常有这样的情景:去寻访一位隐者,不遇,只有等待,往往是日落不见人返,刚要离开时,篱笆门便吱的一声开了,隐者拄着拐杖乘着清风明月回来了。所以无论从艺术角度还是从古时习俗礼节考虑,贾岛听从韩愈而用"敲"字,其实是大有道理的。

唐朝时确实盛行"干谒",朱庆余曾写一诗《近试上张水部》,要当时很有名望的张籍点评,张籍写一诗作答,朱庆馀的诗便从此为人所知了。贾岛还俗后屡试不第的事也是有的,但贾岛如要韩愈知己之才,大可不必行此之险,因为当时贾岛冲撞韩愈仪仗队,被韩手下问罪,若不是韩愈及时询问,贾岛可就惨了,一顿痛扁怕是少不了的。贾岛大可以像朱庆余一样,上递韩愈自己的得意之作,韩愈曾有《马说》一文传世,毫无疑问也应是一不错的伯乐,选中贾岛应是不难。如此说来,贾岛冲撞一说只有一个可能最有可能,就是他实在是因思考出了神,而并非另有所图。

苗先生"推敲"之说新则新矣,却无史实佐之。所谓"推"乃不办"敲"是叩谢之意,亦不能赞同。"推敲"之佳话流芳千古,岂能由一时之兴起而武断焉?大概是为小珠山之美景所感染,苗先生翩然遐思,兴之所至,但求一吐心中快意而已,对于这些繁文缛节自是不加考虑了,为"苦吟诗人"鸣冤叫屈倒显得多事。但文章亦讲究据理力争,倘一味地神游万仞心骛八极也是不当的,恐怕要以讹传讹,古人面子上也不大好看。这里就权当是还贾岛和韩愈一个完美的形象吧。

苦吟诗风及其在中晚唐诗坛之地位

从体派角度考察,贾岛自始被视为"韩孟集团"一员;若自创作风格来看,贾岛与韩孟其实略有区别。贾岛诗既无韩诗之奇崛豪宕,亦乏孟诗之峭刻矫激,而另有风貌与造境。前贤之评论,爱憎不一,对贾岛持负面批评者,却居相对多数。如谓贾岛诗"僻涩""狭仄""变格入僻""僻苦""枯索"等等,不一而足。尤其苏东坡"郊寒岛瘦"之评,传神而刻谑,几将贾岛诗打入万劫不复之境地。

然而晚唐时期,却也有不少诗人热诚推戴贾岛,仿效其体式、追随其诗风。此由严羽在《沧浪诗话》列有"贾浪仙体",不难查证。清李怀民《重订中晚唐诗主客图》李嘉言《贾岛年谱》附录,又增列推戴贾岛、受贾岛影响之晚唐诗家至二十余人。足见贾岛在中晚唐诗坛,绝非泛泛之辈。前贤对贾岛诗风之论述,较多外缘之依附,较缺内涵关联之阐发。

曾为僧徒之生活经历

据《新唐书》卷一七六《韩愈传》附传谓:贾岛早年为僧,法号无本。有关贾岛僧徒生涯之记录,虽有宋朝孙光宪《北梦琐言》、宋朝计有功《唐诗纪事》、五代何光远《鉴诫录》等少量资料,但可靠者并不多,很难据以查考详情。例如宋朝计有功《唐诗纪事》卷四十载:

贾岛尝为僧,洛阳令不许僧午后出寺,贾有诗云:"不如牛与羊,犹得日暮归。"韩愈惜其才,俾反俗应举,贻其诗云:"孟郊死葬北邙山,日月星辰顿觉闲。天恐文章中断绝,再生贾岛在人间。"

宋朝祝充《音注韩文公文集》卷五《送无本师归范阳》下即引苏轼语,谓韩愈贻诗为:"世俗无知者所托,非退之语。"至于"洛阳令禁僧外出"一事,清朝郑珍《巢经巢文集》卷五《跋韩愈送无本师归范阳》已辩其事之不足信。虽然如此,僧徒经验,对贾岛之创作绝非毫无影响。今传《长江集》可确定为贾岛亲作之三百九十余首诗中,涉及僧道者即有九十余首,数量几占全集四分之一。就其内容来看,有酬赠僧徒之作,如:《赠智朗上人》《酬栖上人》《寄白阁默公》《赠无怀禅师》《听乐山人弹易水》之类；有送别方外之作，如：《送神邈法师》《送僧游衡岳》《送天台僧》《送僧归天台》等；有寺院题记之作如：《题山寺井》《题青龙寺镜公房》等。有哭挽高僧之作，如：《哭柏岩禅师》等。试看下列诗句：

> 涕辞孔颜庙，笑访禅寂室。
>
> 步随青山影，坐学白骨塔。
>
> 十里寻幽寺，寒流数派分。
>
> 僧同雪夜坐，雁向草堂闻。
>
> 独行潭底影，数息树边身。
>
> 终有云霞约，天台作近邻。

若无僧徒经验，岂能描摹高僧行止，如是传神？若非实为僧徒，缘何能于无可上人之生活修为，传述得如此深入？又如《题山寺井》："汲早僧出定，凿新虫自无。"几乎便是贾岛僧徒生活实录；《夜坐》："三更两鬓几枝雪，一念双峰四祖心。"更不难看出贾岛到老不脱僧禅气味。即令一般酬酢、杂题之作，信手拈来如：

> 秋江待得月，夜语恨无僧。
>
> 古寺期秋宿，平林散早春。
>
> 留得林僧宿，中宵坐默然。
>
> 声齐雏鸟语，画卷老僧真。
>
> 值鹤因临水，迎僧忽背云。

皆不乏僧寺字样，僧徒生涯之痕迹，几乎处处可见。前贤盛称贾岛"衲气终身不除""衲子本色"，揆之贾诗，实有见地。僧徒生涯使贾岛整体生活态度呈现消极避世之倾向，所谓"年长惟添懒，经旬祇掩关""不得市井味，思向吾岩阿""有山来枕上，无事到心中""身爱无一事，心期往四明"；这种远离尘俗、对世事淡漠，企盼无思无为，以求解脱，皆与佛教之熏染有关。

屡试蹶之举场挫折

若从贾岛之生平来看，韩愈为其谊兼师友、多方提携之恩人。早在宪宗元和五年（810年），贾岛即曾携诗至长安打算进谒韩愈，可惜未能如愿。次年春天再赴洛阳，始与韩愈相识。"愈怜之，因教其为文，遂去浮屠，举进士。"且于当年秋天随韩愈赴长安,寓居于青龙寺,自此展开求举生涯。

　　然而贾岛之考运似乎不佳,由"应怜独向名场苦,曾十余年浪过春。""自嗟怜十上,谁肯待三征。"等诗语,可见贾岛连续应试十余年,皆未能及第,备尝场屋之苦。元和十四、十五年间,贾岛还曾赠诗献文给元稹,有干求之意,却未得到元稹之响应。贾岛在《重酬姚少府》一诗提及此事:"百篇见删罢,一命嗟未及。"所谓"一命",指最低阶之命官。贾岛献诗献文,连最低阶之命官都不能得到推荐,因此有"一命嗟未及"之叹。当然也就一直未放弃举试之希望。

　　有关贾岛应举,五代王定保《唐摭言》卷十二,有以下记载:

　　贾岛不善程试,每自叠一幅,巡铺告人曰:"原夫之辈,乞一联! 乞一联!"

　　五代何光远《鉴诫录》卷八《贾忤旨》也有相关记录:

　　岛初赴名场日,常轻于先辈,以八百举子所业,悉不如己。自是往往独语,旁若无人。

　　同条又云:

　　贾又吟《病蝉》之句以刺公卿,公卿恶之,与礼闱议之,奏岛与平曾风狂,挠扰贡院,是时逐出关外,号为举场十恶。

　　贾岛"乞诗联"之举,实在令人失笑。如果其说属实,那么贾岛之所以久困举场、不能及第,也许有主观条件未能具足之因素在。而贾岛赴名场日傲视先辈举子,旁若无人之行为,更不难理解为求仕心切,以致言行违常。至于贾岛"挠扰贡院",或是因为中唐科举风气不佳,贾岛既于举试寄望甚殷,不免心生不平,作诗嘲讽。《唐摭言》所提及之《病蝉》,全诗如下:

> 病蝉飞不得,向我掌中行。
>
> 折翼犹能薄,酸吟尚极清。
>
> 露华凝在腹,尘点误侵睛。
>
> 黄雀并鸢鸟,俱怀害尔情。

　　质实言之,此诗只是托物为喻,暗抒己愤而已;形容刻画,非常细腻,因而成为贾岛名作。此诗前半写病蝉误飞掌中,病蝉虽已折翼,犹能薄宵而飞;嘶吟之声虽极凄酸,仍然清越。后半寄托寓意,"露华凝腹"喻再飞之难;"尘点侵睛"喻境况不明,艰虞难料。结谓黄雀、鸢鸟,皆怀残害之心,蝉之处境危矣。诚如方回所言:"蝉有何病? 殆偶见之,托物寄情,喻寒士之不遇也。",不料,贾岛竟因作此诗被逐出关,当非始料所及。《唐诗纪事》卷六五平曾条载:"曾,长庆二年同贾阆仙辈贬,谓之举场十恶。"则贾岛被列为"举场十恶"时,已四十四岁。据孙光宪《北梦琐言》载:"制贬平曾贾岛,以其僻涩之才无所采用。"则贾岛被逐出关外之原因,似乎也不仅是"挠扰贡院"而已。贾岛屡试屡败,心中当然不悦,于长庆二年作《下第》诗,抒发感慨:

> 下第只空囊,如何住帝乡?
>
> 杏园啼百舌,谁醉在花旁?
>
> 泪落故山远,病来春草长。
>
> 知音逢岂易?孤棹负三湘。

按此诗前半四句自叙落第,已不宜再居长安。意想新科进士游宴杏园,吟诗作赋,如百鸟啼舌,谁竟是酣醉花畔之人?后半四句谓己羁旅期间,贫病失意,故山已远,而春草正长。有感于知音难逢,因有棹舟南游之想。由于贾岛终其一生,皆未得第,所以诗歌创作不但是仕途失意之慰藉,更成为安身立命之惟一道途。贾岛之所以痴狂于诗歌写作至"虽行坐寝食,吟味不辍"之地步,实有其受挫之心理背景在。

贫病困顿之现实磨难

孟郊与贾岛在生活形态上,颇有相似之处。两人均曾困于举场、有志难伸。孟郊虽能进士及第,却终其一生,无法摆脱贫困;贾岛则无孟郊幸运,临终之前始获拔擢。孟郊晚年辟为节度参谋试大理评事,却在赴任途中,溘然长逝。贾岛也是晚年出任长江县主簿,三年秩满,方欲升迁普州司仓参军,未及受任而卒。面对贫穷之冲击,孟郊反复吟咏寒苦,以获致心理纾解;贾岛则因受到较多佛教熏染,相对更能承受贫穷。虽然如此,贫病困顿不但是贾岛诗中主要题材,也是决定贾岛诗风之重要因素。兹先以《朝饥》诗为例,一探贾岛之饥贫状况:

> 市中有樵山,北舍朝无烟。
>
> 井底有甘泉,釜中乃空燃。
>
> 我要见白日,雪来塞青天。
>
> 坐闻西床琴,冻折两三弦。
>
> 饥莫诣他门,古人有拙言。

诗从市集薪柴堆积如山，自家却须中断烟火叙起，可见贾岛无钱购买柴火。次联谓井底虽有甘泉，锅釜仅能空燃，可知贾岛根本无米可炊。三联谓欲见白日，奈何阴霾寒天，竟降大雪，可知贾岛欲借冬阳去寒亦不可得。最妙在第四联，谓西床上之古琴，竟因天冷而冻折两三琴弦，则此时天气之酷冷，可想而知。末联抒感，谓己恪守古训，绝不因饥寒而求告于富家之门，则贾岛兀傲之气并未因饥寒而少减。这一首诗措辞平易，穷态毕露。欧阳修在《六一诗话》叹道：

贾云："鬓边虽有丝，不堪织寒衣。"就令织得，能得几何？又其朝饥诗云："坐闻西床琴，冻折两三弦。"人谓其不止忍饥而已，其寒亦何可忍也。"

贾岛虽然忍饥耐寒，仍不愿乞怜于人。但是从《卧疾走笔酬韩愈书问》："身上衣蒙与，瓯中物亦分。"两语来看，贾岛对于来自韩愈之接济，则能坦然接受。再从《原居即事言怀赠孙员外》："径通原上草，地接水中莲。采菌依余水，拾薪逢刈田。"四句，也可概见贾岛贫居乡野，采菌拾薪以维生活之窘况。贫病经常是相连的，在一场病痛之后，贾岛写下《病起》诗：

> 嵩丘归未得，空自责迟回。
>
> 身事岂能遂，兰花又已开。
>
> 病令新作少，雨阻故人来。
>
> 灯下南华卷，祛愁当酒杯。

在这一首诗中，吾人又可从另一角度略窥贾岛贫居生活。前半四句叙述因病而迟迟不得归返嵩山，但能自责而已；盖身事长久不遂，无可奈何，转眼又是兰花开放之春日矣。此隐含对于嵩山之眷念。后半四句自谓病后诗作减少，又适逢天雨，阻碍朋友来访，无以驱遣寂寥，唯有闲读《庄子》，取代饮酒，去除愁闷。贾岛面对"身事岂能遂"之生活困境，并非以激切之态度适应，而是将心念转至"兰花又已开"，此种美好事物上；"雨阻故人来"，无以去除寂寥，贾岛权且以《庄子》取代酒杯，类似这种对于贫病困顿逆来顺受、淡漠以待之态度，在贾岛全集中，并不罕见。当然，这并不表示贾岛于生活中贫病困顿全无激愤之感，如其晚年所作《咏怀》，所抒之悲哀，便极为深沉。诗云：

> 纵把书看未省勤，一生生计只长贫。
>
> 可能在世无成事，不觉离家作老人。
>
> 中岳深林秋独往，南原多草夜无邻。
>
> 经年抱疾谁来问？野鸟相顾啄木频。

按此诗起首便以反讽致叹,谓己纵然日日读书,亦未省知勤勉之道;或因此故,终生困于长贫。颔联自叹今生已无成事之望,而离家日久,不觉已成老人。颈联谓己虽不足成事,秋日喜往中岳游赏。而贫居南郊,地多野草,静夜之中,却无邻人往来。结联谓已抱病经年,乏人闻问,唯有野鸟频频飞来,轻啄树木。由此诗来看,贾岛在晚年,心中虽已愤激至极,却仍是淡淡着笔。在简净之体制中,蓄积极强之感染力,其艺术效果并不稍减。

明朝王世贞《艺苑卮言》卷八尝慨叹:"贫老愁病,流窜滞留,人所不谓佳者也,然而入诗则佳。富贵荣显,人所谓佳者也,然而入诗则不佳。"因此提出"文章九命"之说,分别是:"贫困""嫌忌""玷缺""偃蹇""流窜""刑辱""夭折""无终""无后",九大不幸,皆一一列举历代诗人文学家为证。贾岛列名"贫困""偃蹇""流贬"三项;如据姚合《哭贾岛》:"有名传后世,无子过今生。"两句,则似应再添"无后"一项。贾岛在世之生活困顿若此,却仍吟哦不辍。诚如王建《寄贾岛》中所说:"尽日吟诗坐忍饥,万人中觅似君稀。"堪称诗坛异数。

贾岛诗之"寒狭"风格

最早描述贾岛作风的是孟郊与韩愈。孟郊在《戏赠无本》其一赞叹:"诗骨耸东野,诗涛涌退之……可惜李杜死,不见此狂痴。"《戏赠无本》其二又谓:"文章杳无底,斸绝谁能根……燕僧摆造化,万有随手奔。"旨在称颂贾岛狂痴于诗歌写作,诗才之高,可摆弄造化、驱遣万有。至于韩愈在《送无本师归范阳》称颂贾岛:"无本于为文,身大不及胆。吾尝示之难,勇往无不敢。"则在赞叹贾岛诗胆之高,任何诗题,皆敢于尝试。续称贾岛:"狂词肆滂葩,低昂见舒惨,奸穷变怪得,往往造平淡。"意谓贾岛措词发狂,滂沛缤纷,低昂之间,能见阴阳惨舒。既得种种变怪诗境,则必返归平淡。

由于孟郊、韩愈是贾岛之前辈诗友,措词之间,多少有夸饰之嫌;加上两人所评,均为贾岛僧徒时期之作,与还俗后诗风表现,未尽相合。虽然如此,韩愈所称:"奸穷变怪得,往往造平淡。"却很有见地,值得注意。此与唐·苏绛《唐故司仓参军贾公墓志铭》所说:"孤绝之句,记在人口……所着文编,不以新句绮靡为意,淡然蹑陶谢之踪。"可谓不谋而合。但是,贾岛这种"平淡"之诗境,系透过"苦吟"之写作态度或手段达成。如被王世贞誉为

"置之盛唐,不可复别"、被沈德潜赞叹为"卑靡时乃有此格!"之名句:"秋风生渭水,落叶满长安"以及被众多诗评家讨论不休之:"独行潭底影,数息树边身""鸟宿池边树,僧敲月下门""积雨荒邻圃,秋池照远山""连沙秋草薄,带雪暮山开""禅定石床暖,月移山树秋""雪来松更绿,霜降月弥辉"之类名句,无不是透过苦吟锤炼而得。

贾岛在《戏赠友人》一诗自承:"一日不作诗,心源如废井。"此相当程度证实了贾岛为诗之狂痴。在《送无可上人》:"独行潭底影,数息树边身。"下贾岛自注:"二句三年得,一吟双泪流。知音如不赏,归卧故山秋。"则其琢炼字句之慎重,实在令人叹为观止。此外,许多诗句中,贾岛反复以"吟苦""吟苦"形容自己作诗之辛苦:

> 沟西吟苦客,中夕话兼思。
>
> 默默空朝夕,苦吟谁喜闻?
>
> 吟苦相思处,天寒水急流。

因此《新唐书》谓:"当其苦吟,虽值公卿贵人,皆不之觉也。"应有相当程度之真实性。而《云仙杂记》卷四引《金门节岁》所载:"贾岛常以岁除取一年所得诗,祭以酒脯,曰:'劳吾精神,以是补之'"、《唐摭言》卷十一所载贾岛跨驴张盖,横截天衢,唐突大京兆刘栖楚。虽因多少为"小说家言",严谨诗论者均不采信;证诸贾岛死后,许多悼诗也以"苦吟"相称,则这类记载,已间接透示出贾岛创作过程中苦思、冥搜之真相。

其实"苦吟"之创作历程,并非全不可取。唐朝皎然《诗式》即谓:"取境之时,须至难、至险,始见奇句,成篇之后,观其气象,有似等闲,不思而得,此高手也。"宋朝葛立方《韵语阳秋》也认为:"大抵欲造平淡,当自组丽中来,落其华芬,然后可以造平淡之境。"陈延杰《贾岛诗注·序》说得更好:

"岛之五律,其原亦出自少陵,以细小处见奇,实能造幽微之境,而于事理物态体认最深,非苦思冥想不易臻此。"

像贾岛这般苦思、冥搜,其实有其深沉之动机。盖从贾岛自身之景况言,长期贫病饥寒,已不再有奋世之志;举场连连挫折之后,亦无功名可言。作诗却是唯一能充分展现自我价值之活动;更何况当时,在孟郊、韩愈、张籍孙誉下,贾岛已小有名气;如此坚持下去,欲垂名后世,非不可能。因此,"苦吟为诗"已是贾岛生命中不可放弃之要务!

从《唐贾浪仙长江集》来看,贾岛作诗仍是寻常诗材,常使用的格律为普通的五律,其所以能营造独树一格之诗境,关键就在苦吟琢炼之态度。贾岛不放弃任何新的表现方式,清朝李重华在《贞一斋诗说》《谭诗杂录》中将贾岛、孟郊并称为"卓荦偏才,具以苦心孤诣得之。"胡寿芝《东目馆诗见》卷一亦指称:"贾长江刻意无凡语,五律尤妙。"试看几首贾岛诗作:

半夜长安雨,镫前越客吟。孤舟行一月,万水与千岑。岛屿夏云起,汀洲芳草深。何当折秋叶,拂石剡溪阴。(卷三《忆吴处士》)

野步随吾意,那知是与非。稔年时雨足,闰月莫蝉稀。独树依冈老,遥峰出草微。园林自有主,宿鸟且同归。(卷五《偶作》)

石溪同夜泛,复此北斋期。鸟绝吏归后,蛩鸣客卧时。锁城凉雨细,开印曙钟迟。忆此漳川岸,如今是别离。(卷六《宿姚少府北斋》)

众岫耸寒色,精庐向此分。流星透疏木,走月逆行云。绝顶人来少,高松鹤不群。一僧年八十,世事未曾闻。(卷八《宿山寺》)

上举数首,皆无艰深典故堆砌,亦无生造之句,自有一种美感。贾岛在句诗的铸炼推敲,可谓已达到相当妥帖之地步。清朝贺裳《载酒园诗话·又编》也曾摘句赞叹不已:

浪仙五字诗实为清绝,如"空巢霜叶落,疏牖水萤穿。"即孟襄阳"鸟过烟树宿,萤傍水轩飞。"不能远过。又如:"雁惊起衰草,猿渴下寒条""夕阳飘白露,树影扫清苔""柴门掩寒雨,虫响出秋蔬""地侵山影扫,叶带露痕书""移居见山烧,买树带巢鸟",皆于深思静会中得之。贾有精思而无快笔,往往意工于词。又平生好用倒句,如"细响吟干苇""枝重集猿枫",虽纤曲而犹能达其意。至"舟系岸边芦",芦岂系舟,必是系舟芦岸。贺裳所举,仅是贾岛五律中少数名句,其实信手拈来,都可以找到,如:"今朝瀍浐雁,何夕潇湘月""写留行道影,焚却坐禅身""声齐雏鸟语,画卷老僧真""草色分危磴,杉阴近古潭""叩齿坐明月,揩颐望白云。""羽族栖烟竹,寒流带月钟。""移居见山烧,买树带巢鸟""寒山晴后绿,秋月夜来孤""峰悬驿路残云断,海侵城根老树秋""一点新萤报秋信,不知何处是菩提"。这些精美诗句,或平字见奇,陈字见新;或点铁成金,反常合道,或经种种修辞手段等,达到颖异不凡之效果。

但是,正因为贾岛过于苦吟琢炼,使其在观物角度、题材选择、意象塑造等方面,出现固定之趋向。据林明德先生《雪来松更绿——试论贾岛的诗歌》之统计,贾岛诗意象以"风""云""雨""雪""秋""月""夜""山""鸟"

"松"最为显著,另据马承五《中唐苦吟诗人综论》谓贾岛描写有关"草""萍""叶""苔""虫""萤""蚤""蝉"之细微事物亦占有比例,如其写蝉虫类约四十五次、苔藓类约二十二次、叶类约三十九次、钟磬类约四十七次之多。兹以蝉为例,信手拈来,即可找出数句,如:"相思蝉几处,偶作蝶成云""行李经雷电,蝉前漱岛泉""稔年时雨足,闰月莫蝉稀""明年还调集,蝉可在家闻""避暑蝉移树,登高雁过城""集蝉苔树僻,留客雨堂空""早蝉孤抱芳槐叶,噪向残阳意度秋。"可谓不胜枚举。对于这种狭窄之观物角度以及琐细题材之偏爱,宋朝方岳《深雪偶谈》曾自地理环境说明成因:

"贾阆仙,燕人。生寒苦地,故立心亦然。诚不欲以才气力势,掩夺情性,特于事物理态,毫忽体认。深者寂入仙源,峻者迥出灵岳。古今人口数联,固于劫灰之上,冷然独存矣。至以其全集,经岁逾纪咀绎,如芊芊佳气,瘦隐秀脉,徐露其妙,令人首肯,无一可以厌斁。三折肱为良医,岂不信然?"

其实不只是"生寒苦地"而已,贾岛在举场之挫折、贫病生活之磨难以及僧徒经历所生之出世思想,在使其襟怀日益由壮伟趋于委顿、视野由开阔转为狭窄。贾岛虽以嗜诗如命、苦吟琢炼之写作态度著称于后世,但因微细之观物角度与琐屑题材之偏爱,使其诗情倾向于恬淡自安,所呈现之人生意趣遂有一定限制。虽然如此,贾岛以省净之诗歌体式与精微之意象构造,幽渺之情韵与深细之意境仍极具特色,在中晚唐诗坛具有一席之地。

晚唐诗人对于"贾岛体"之追慕与取法

一、晚唐诗人之凭吊与追忆

贾岛死后,晚唐诗坛不少诗人对贾岛的诗作,怀有极大兴趣,并给予热诚推戴。除哭挽、悼念之外,行经贾岛旧居、遗迹、厅堂、陵墓,或读其遗集都有题诗。属于"经旧居抒感"者如:刘沧《经无可旧居兼伤贾岛》、齐己《经贾岛旧居》等诗。属于"题贾岛遗迹"者如:薛能《嘉陵驿见贾岛旧题》、张乔《题贾岛吟诗台》、归仁《题贾岛吟诗台》等诗。属于"过贾岛旧厅堂者"如:李频《过长江伤贾岛》、崔涂《过长江贾岛主簿旧厅》等诗。"过其陵墓"者,如:郑谷《长江县经贾岛墓》、崔涂《过长江贾岛主簿旧厅》、杜荀鹤《经贾岛墓》、李洞《贾岛墓》、安锜《题贾岛墓》等诗。属于"哭挽"、属于"悼念"者如:李郢《伤贾岛无可》、李克恭《吊贾岛》、张蠙《伤贾岛》、曹松《吊贾岛二首》、可止《哭贾岛》等诗。"咏贾岛事迹"者,如:李洞《赋得送贾岛谪长江》等诗。属于"阅读贾岛诗作书感"者,如:李洞《题晰上人贾岛诗卷》、贯休《读刘得仁贾岛集二首》、贯休《读贾区贾岛集》、齐己《读贾岛集》等诗。以下列举数例,试加评析,略考贾岛在晚唐诸家心目中之分量。按唐朝薛能《嘉陵驿见贾岛旧题》云:

"贾子命堪悲,唐人独解诗,左迁今已矣,清绝更无之。毕竟吾犹许,商量众莫疑。嘉陵四十字,一一是天资。

薛能为会昌六年进士,曾任刑部郎中、权知京兆尹、工部尚书、忠武军节度使。薛能僻于为诗,日赋一章。其诗多题咏酬寄之作,又好诋诃前辈诗人。此诗为薛能经嘉陵驿时,见到贾岛题咏而作。对贾岛之遭时不遇,深致怜悯。对其嘉陵驿之题诗,誉为天资。"

又如唐朝刘沧《经无可旧居兼伤贾岛》云:

"尘室寒窗我独看,别来人事几雕残。昼空斋寺一僧去,雪满巴山孤客寒。落叶随巢禽自出,苍苔封砌竹成竿。碧云迢递长江远,向夕苦吟归思难。

刘沧之生卒年不详,大中八年进士。曾任华原县尉、龙门县令。善作七律,诗语清丽。年辈与李频相同,句法与赵嘏、许浑颇似。其怀古之作,"序感怀之意,得讽兴之体。"。而此诗正使用刘沧最为擅长的七律,凭吊贾岛从弟无可之旧居,兼伤贾岛。诗中写人事雕残,僧去斋空。落叶苍苔,萧瑟之景象。末联寄其怀想之意,情思绵邈,颇能动人。"这种兼及无可与贾岛的吊诗还有唐李郢《伤贾岛无可》:

"却到京师事事伤,惠休归寂贾生亡。何人收得文章箧,独我来经薛苔房。一命未沾为逐客,万缘初尽别空王。萧萧竹鸣斜阳在,叶复闲阶雪拥墙。"

李郢生卒年不详,字楚望,长安人。大中十年登进士第,历湖州、淮州、睦州、信州从事,入为侍御史。后为越州从事,卒于任所。郢与贾岛、杜牧、李商隐、清塞等人均有交往。工诗,擅长七律,诗调美丽。辛文房称其诗:"清丽,极能写景壮怀,每使人不能释卷。"这一首诗凭吊旧贾氏旧居,对于无可及贾岛的辞世,十分感伤。领联颈联属对精巧,"逐客""空王"之比,既合贾岛行实,又切佛徒之身份,尤为警策动人。末联以景喻情,余音袅袅。又唐朝李频《过长江伤贾岛》:

> 忽从一宦远流离,无罪无人子细知。
>
> 到得长江闻杜宇,想君魂魄也相随。

李频,字德新,睦州寿昌(今浙江寿昌)人。少师里人方干为诗,后受到姚合奖挹,以女妻之。大中八年擢进士第,授校书郎、曾官南陵主簿、武功令,颇有政声。后迁都官员外郎、建州刺史。李频于诗,尤长于律绝。用心苦吟,工于雕琢,自言:"只将五字句,用破一生心"(孙光宪《北梦琐言》),可知李频也有类似贾岛之作风。范晞文以为"可与十才子并驱"严羽称:"李频不全是晚唐,间有似随州处。"在《过长江伤贾岛》中,李频认为贾岛坐飞谤贬长江主簿,实为无辜,可惜无人能知。后半两句以杜鹃啼叫悲切,贾岛英魂亦应相随,为贾岛叫屈。又唐朝张乔《题贾岛吟诗台》:

> 吟魂不复游,台亦似荒丘。
>
> 一径草中出,长江天外流。
>
> 暝烟寒鸟集,残月夜虫愁。
>
> 愿得生禾黍,锄平恨即休。

张乔为"咸通十哲"之一,长隐于九华山,其诗颇有高致,唐末郑谷、杜荀鹤等大诗人,都对张乔极为推崇。辛文房称其:"以苦学,诗句清雅,迥少其伦。"《题贾岛吟诗台》以五言律,题咏贾岛之吟诗台。首联写台之荒落,生出感触。中二联写吟台所见景象,末联抒恨。全诗情景交融,幽思深远。又唐朝李克恭《吊贾岛》:

> 一一玄微缥缈成,尽吟方便爽神情。
>
> 宣宗谪去为闲事,韩愈知来已振名。
>
> 海底也应搜得净,月轮常被玩教倾。
>
> 如何未隔四十载,不遇论量向此生。

李克恭,一作李允恭,生卒年里不详。僖宗干符中举子。《全唐诗》卷六六七仅收此一诗。此为七言律诗,首联颂扬贾岛诗作。颔联略叙行实。颈联喻其诗艺高妙。末联以时隔未及四十载,未遇贾岛论量诗艺为叹。又唐郑谷《长江县经贾岛墓》:

> 水绕荒坟县路斜,耕人诧我久咨嗟。
>
> 重来兼恐无寻处,落日风吹鼓子花。

郑谷为晚唐著名诗人,字守愚,袁州宜春人。广明元年,黄巢入长安,谷避乱入蜀。光启三年登进士第,曾任右拾遗、都官郎中,后世称之为郑都官,为"咸通十哲"之一。郑谷擅长五、七言近体,多咏物酬赠之作。贾岛于唐武宗会昌三年癸亥七月二十八日在普州病故,据唐苏绛《唐故司仓参军贾公墓志铭》所载:"择葬安岳县移风乡南冈安泉山虑陵谷。"又郑谷《哭进士李洞二首》序："李生酷爱贾浪仙诗，长江在东蜀境内，浪仙冢于此处。"可知贾岛葬在今四川安岳县的安泉山。《长江县经贾岛墓》一首以七绝凭吊贾岛墓之感受。但见水绕荒坟，所在偏僻，深恐再访将无寻处，不胜慨叹。又唐朝崔涂《过长江贾岛主簿旧厅》：

> 雕琢文章字字精，我经此处倍伤情。
>
> 身从谪宦方沾禄，才被楷埋更有声。
>
> 过县已无曾识吏，到厅空见旧题名。
>
> 长江一曲年年水，应为先生万古清。

崔涂字礼山，睦州桐庐人。生于宣宗大中四年，卒年不详。光启四年进士及第。遭逢乱世，漂泊失意，故其诗多写羁旅之情。擅即景抒怀，律诗最为警策。由其《苦吟》诗云："朝吟复暮吟，只此望知音。举世轻孤立，何人念苦心。"可知与贾岛持相同之作诗态度。辛文房称其诗："深造理窟，端能竦动人意，写景状怀，往往宜陶肺腑。"《过长江贾岛主簿旧厅》以七律抒写过访贾岛遗迹之感受，首联颂贾岛诗文之精雕细琢，字字精审，崇仰已久；故来旧厅，倍感情伤。颔联就其才名不彰，谪宦普州，始沾仕禄。颈联谓县衙已无熟知贾岛之旧吏，厅堂但见曩昔之题名。末联以景喻情，谓年年一曲长江水，应为先生万古长青。又唐杜荀鹤《经贾岛墓》：

> 谪宦自麻衣，衔冤至死时。
>
> 山根三尺墓，人口数联诗。
>
> 仙桂终无分，皇天似有私。
>
> 暗松风雨夜，空使老猿悲。

杜荀鹤，字彦之，杜牧微子。因长隐九华山，自号九华山人。昭宗大顺二年登进士第，已四十六岁。荀鹤为唐末重要诗人，擅近体，苦心为诗，自言："此心闲未得，到处被诗磨。"唐朝顾云《杜荀鹤文集序》谓其诗："或情发乎中，则极思冥收，神游希夷，形死枯木；五声劳于呼吸，万象探于抉剔，信诗家之雄杰者也。"有诗《唐风集》三卷，及《杜荀鹤文集》三卷。此以五律抒写行经贾岛墓之感触。起联写贾岛谪宦长江，衔冤至死，仍为布衣。次联写贾岛虽已长眠黄土，其诗则腾诵于人口。三联为贾岛抱屈，谓其折桂无望，实为皇天有私。末联仍以景语申悲。

又唐朝张玭《伤贾岛》：

> 生为明代苦吟身，死作长江一逐臣。

可是当时少知己,不知知己是何人?

张玭,字象文,族望清河,家居江南。幼颖慧能诗。张玭出身寒素,累举不第。与许棠、张乔、周繇交,时号"九华四俊"。干宁二年始登进士第,释褐为校书郎,调栎阳尉,迁犀浦令。后避乱入蜀,王建建前蜀,玭仕蜀为膳部员外郎,终金堂令。此诗前半谓贾岛生而苦吟,死为逐臣,抱憾终身;后半位贾岛当时岂无知己?只是不知知己何人!言下不胜惋叹。

二、贾岛后继者的学习与追仿

如从晚唐人对于贾岛诗之推崇与题诗数量来看,贾岛在晚唐诗坛实享有极尊荣之地位。唐.张为《诗人主客图》仅将贾岛置之于"清奇雅正主李益"之下,作为李益一派的"升堂者"。宋朝方岳《深雪偶谈》又提出:喻凫、顾非熊,继此张乔、张玭、李频、刘得仁,"皆于纸上北面",宋朝计有功《唐诗纪事》载僧尚颜《言兴》诗:"矻矻被吟牵,因诗贾阆仙。"故知唐僧尚颜,也以贾岛为师。辛文房《唐才子传》卷六至卷十所载诗人数目更多,分别在卷六有:清塞(即周贺)、无可、姚合、张祜、刘得仁。卷七:喻凫、雍陶、马戴、顾非熊、方干、李频。卷八:于邺(于武陵)、司空图。卷九:许棠、郑谷、李洞。卷十:张乔、张玭、曹松、裴说、唐求、李中,合计二十二人。于是清.李怀民《重订中晚唐诗主客图》立贾岛为:"五律清真僻苦主",并将受到贾岛影响之诗家重新系列如此:

五律清真僻苦主贾岛:上入室李洞;入室周贺、喻凫、曹松,升堂马戴、裴说、许棠、唐求;及门张祜、郑谷、方干、于邺、林宽。

李嘉言在《贾岛年谱》附录中,又综录诸说,去除雍陶、无可,增列尚颜,将推戴贾岛及受贾岛影响之晚唐诗家,定为二十二人。此一系谱,对贾岛的影响,提供极为明晰之线索。以下即以李怀民所提及"入室""升堂"之八人为例,查考晚唐诸家学习、追仿贾岛之情况。

李洞:字才江,京兆(今陕西西安)人,为唐宗室之后,家贫,苦吟以至寝食。终身未第,失意游蜀而卒。李洞工诗,刻意模仿贾岛诗风,曾铸贾岛铜相,事之如神。常持数珠念贾岛佛,一日千遍。人有喜贾岛诗者,必手录贾岛诗以赠,并再三叮咛:"此无异佛经,归焚香拜之。"又曾集贾岛及唐诸贤诗句五十联为《诗句图》。自为之序。李洞有四首涉及贾岛之作,其《赋得送贾岛谪长江》云:

敲驴吟雪月,谪出国西门。

行傍长江影,愁深汨水魂。

筇携过竹寺，琴典在花村。

饥拾山松子，谁知贾傅孙？

按此为李洞于贾岛之谪居长江，深有所感，乃模仿贾岛笔调，赋诗一首。首联赋贾岛骑驴吟雪，西出国门，谪居长江县。颔联设想其赴任路途，谓其行傍长江，形单影孤；愁怨之深，有若屈原。颈联写其手拄筇杖，往诣竹寺；身携琴曲，走访花村。结联谓其饥拾松子，一如山隐，谁知其为贾太傅裔孙？此诗不论体制、遣词、格调，都有贾岛之痕迹。又其《贾岛墓》云：

一第人皆得，先生岂不销。

位卑终蜀士，诗绝占唐朝。

旅葬新坟小，魂归故国遥。

我来因莫洒，立石用为标。

按此诗前半感叹一第人皆能得，先生岂不销其遗恨？盖名位虽卑、一生蜀士；然诗作之工，已冠绝唐朝矣。后半感叹其死葬异乡，英魂难归。乃造陵墓，祭奠洒扫，立石为标，以示尊崇矣。又其《题晰上人贾岛诗卷》云：

贾生诗卷惠休装，百叶莲花万里香。

供得半年吟不足，长须字字顶司仓。

按此诗前半赞颂贾岛之诗卷有惠休之庄严；如百叶莲花，香传万里。下半谓此诗卷虽经半载清供，犹感不足礼敬，当须字字追顶，奉之如佛，诵之如经也。又其《过贾浪仙旧地》云：

鹤外唐来有谪星，长江东注冷沧溟。

境搜松雪仙人岛，吟歇林泉主簿厅。

片月已能临榜黑，遥天何益抱坟青。

年年谁不登高第？未胜骑驴入画屏。

此诗首联将贾岛喻为谪仙，谓其乘鹤自天外来唐；自其谢世，长江依旧东流沧溟。颔联写贾岛搜尽松雪诗境于仙人之岛，吟歇于林泉于主簿之厅。颈联写片月已临榜而黑，遥天犹抱坟而青。结联感慨年年皆有登第者，实不如贾岛之骑驴成仙，尽入画屏，为后世所崇重。辛文房《唐才子传》载："洞诗逼真于岛，新奇或过之。时人多诮其僻涩，不贵其卓峭。惟吴融赏异"。齐己《览清尚卷》即诮其："从容昧高作，翻为古人疑。"计有功又谓："洞慕贾岛……而其诗体，又僻于贾"虽然如此，诗多琢炼，颇多佳句。《上崇贤曹郎中》诗之"药杵声中捣残梦，茶铛影里煮孤灯"、《宿长安县雍主簿厅》："县对

数峰云,官清主簿贫"等,均为后世所称道。再如下列二诗:

> 高节谏垣客,白云居静坊。
>
> 马饥餐落叶,鹤病晒残阳。
>
> 野雾昏朝烛,溪涧蕙御香。
>
> 相招倚蒲壁,论句夜何长。
>
> 残阳高照蜀,败叶远浮泾。
>
> 劚竹叶岚冻,偷湫与霆腥。
>
> 闲房僧灌顶,浴涧鹤遗翎。
>
> 梯滑危缘索,云深静唱经。

前首《郑补阙山居》置之《唐贾浪仙长江集》,几莫能辨。《终南山二十韵》一篇,更是中晚唐仅见长律。两相比对,李洞诗用字之苦涩、风格之新警,实与贾岛颇为肖似。但也因为李洞执着于贾岛诗格,用力过甚,已乏贾岛"奸穷变怪得,往往造平淡。"之诗境,仅余"刻求新异,艰僻良苦"而已。

清塞(周贺):清塞俗姓周,名贺字南卿,东洛人。两《唐书》无传。曾隐嵩阳少室山,后居庐岳为僧,法名清塞。大和八九年间,姚合任杭州刺史,赏爱其诗,命还初服。晚年曾出仕,然仕履未详。计有功谓:"周贺工诗,与贾岛、无可、齐名",贾岛有《哭柏岩禅师》:

> 苔覆石床新,师曾占几春。
>
> 写留行道影,焚却坐禅身。
>
> 塔院关松雪,经房锁隙尘。
>
> 自嫌双泪下,不是解空人。

贺亦有《哭柏岩禅师》同题之作,诗云:

> 林径西风急,松枝讲法余。
>
> 冻髭亡夜剃,遗偈病时书。
>
> 地燥焚身后,堂空着影初。
>
> 吊来贫落泪,曾忆到吾庐。

前贤多谓与贾岛诗不相上下。其《出关后寄贾岛》谓:"多难喜相识,久贫宁自闲。唯将往来信,遥慰别离颜。"可知贾岛、周贺两人不但有相似之僧徒经验,且同样还俗。张为取其:"两鬓以垂白,五湖归挂簪。夜涛惊栅锁,寒苇露船灯""谷水生茶味,林风减扇声""磬彻远巢情""伊流背行客,岳响答清猿"诸句入《诗人主客图》,并将周贺与无可并列于:"清奇雅正主""入室"下。从周贺诗集其他诗作来看,多属五律之作,诗格清雅,诗境笔意,与贾岛十分相类。

　　喻凫:毗陵人。文宗开成五年进士,曾任校书郎。《四库提要》谓其:"仕终乌程令。"方干《哭喻先辈》谓:"日夜役神多损寿,先生下世未中年。"可知凫卒时,未过中年。喻凫在晚唐颇有诗名,与姚合、贾岛、方干、李商隐、杜荀鹤、顾非熊都有交往,尤与方干亲善。喻凫在《献知己》之结联自称"苦吟人",方干《赠喻凫》亦称:"所得非众语,众人那得知?才吟五字句,又白几茎髭。"可见喻凫苦吟,诗学贾岛。其诗亦多属五律。时人并称"贾喻",实为贾岛后辈。宋人推重喻凫"木落山城出,潮生海棹归""砚和青霭冻,窗对白云垂"等名句、唐人推重"沧洲违钓隐,紫阁负僧期"等句,皆不载于今集,可见喻凫诗散失十分严重,《全唐诗》卷五四三仅收录其诗一卷。

　　唐朝张为曾列举"颜雕明镜觉,思苦白云知""沧洲迷钓隐,紫阁负僧期"进入《诗人主客图》,都颇有贾岛笔意。喻凫其他诗如:"徒嗟好章句,无力致前途""祇是守琴书,僧中独寓居。心唯暮鹤静,分合与名疏""时忆暮山寺,独登衰草台""心源无一事,尘界拟休回""岚霭燃香夕,容听半偈还""安得开方便,容身老此林"之类诗句,不论是表达知音难遇之感慨,或对现实淡漠之态度,都有佛禅浸染之气味,不难看出贾岛之影响。

　　曹松:字梦征,舒州人。光化四年(公元901年),与王希羽、刘象、柯崇、郑希颜同登进士第。五人皆老大,时号"五老榜",特敕授校书郎。未几卒。辛文房《唐才子传》卷十谓曹松:"学贾岛为诗,深入幽境,然无枯淡之癖。"征诸曹松《崇义里言怀》诗:"平生五字句,一夕满头丝。"可知为诗苦吟之状。曹松与方干、喻坦之、许棠、陈陶、胡汾交往甚厚。其《己亥岁》:"泽国江山入战图,生民何计乐樵苏。凭君莫话封侯事,一将功成万骨枯。"最为脍炙人口。而"白浪吹亡国,秋霜洗太虚""吸回日月顿千顷,铺尽星河剩一重""城头早角吹霜尽,郭里残潮荡月回"等句,颇为胡震亨所赏识,谓其:"致语似项斯,壮言似李洞"。其《吊贾岛》云:

> 先生不折桂,谪去抱何冤。
>
> 已葬离燕骨,难招入剑魂。
>
> 旅坟低却草,稚子哭胜猿。
>
> 冥寞如搜句,宜邀贺监论。

　　起联谓贾岛空怀折桂之望,抱冤谪宦长江,卒于普州。次联写贾岛生为燕人而死于异乡,难召其魂。三联写墓草高于坟头,稚子哭之甚哀,有胜猿鸣。

末联谓贾岛如在冥间苦心搜句,应教贺知章来论。对贾岛深致敬悼之意。

曹松学贾岛,颇能自作苦语,如《书怀》谓:"默默守吾道,望荣来替愁。吟诗应有罪,当路却如雠。"亦能自我宽慰。如《感世》谓:"触目尽如幻,幻中能几时。愁来舍行乐,事去莫吞悲。"诸如"客路抛滋口,家入林镜中""野火风吹阔,春冰鹤啄穿""云湿煎茶火,冰封汲井绳""帆行出岫雨,马践过江云"选材炼字,肖似贾岛,而无僻涩之感。辛文房《唐才子传》卷十谓曹松:"苦极于诗,然别有一种风味,不沦乎怪也。"所言甚有见地。

马戴:字虞臣,会昌四年,与项斯、赵嘏同榜擢进士第,俱有盛名,官终国子博士。马戴善诗,与姚合、贾岛、殷尧藩、顾非熊诸人有诗作唱酬。赠贾岛之作有六首,其《长安赠贾岛》云:"孤云不我弃,归隐与谁同?"与《寄贾岛》云:"岁晏各能归,心知旧崎路"、《怀故山寄贾岛》云:"自从来阙下,未胜在山中"《雒中寒夜姚侍御宅怀贾岛》云:"谁知石门路? 待与子同寻"《宿贾岛原居》云:"未能先隐居,聊此一相寻"皆与林泉隐卧相关。马戴与贾岛为同时人,虽然官运较佳,从诗作来看,彼此都有长居关中之经验,皆曾为求举而奋斗,因而有相近之观念与深厚友谊。其诗与贾岛相近,同为五律为主,内容大都是友朋酬唱与行旅写景,佳作颇多。其《楚江怀古》三首之一:

> 露气寒光集,微阳下楚丘。
>
> 猿啼洞庭树,人在木兰舟。
>
> 广泽生明月,苍山夹乱流。
>
> 云中君不降,竟夕自悲秋。

此诗写景之处,境像突出,令人有处身楚江之感;怀古之句,则雅有深致,令人赏玩不尽。就五言律诗之写作言,成就甚高。其《早发故国》云:

> 语别在中夜,登车离故乡。
>
> 曙钟寒出岳,残月迥凝霜。
>
> 风柳条多折,沙云气尽黄。
>
> 行逢海西雁,零落不成行。

此诗写景如在目前,离情皆在言外,借景表述。类似之例:《宿翠微寺》:"鸟归云壑静,僧语石楼空"、《送僧归金山寺》:"迥寺横洲岛,归僧渡水云"、《送客南游》:"疏雨残虹影,回云背鸟行"、《别灵武令狐校书》:"树隐流沙短,山平近塞多。"莫不如此。由此不难看出马戴塑造意象之能力,实与贾岛不相上下。张为《诗人主客图》亦标举其:"却忆轩辕日,无人尚战功。"等句,将其列为:"清奇雅正主"之升堂者。严羽至推崇其诗:"在晚唐诸人之上。"清朝叶矫然《龙性堂诗话》甚至持与王维相提并论。马戴诗近体多于古体,五言又多于七言,神采韵律虽或有类似王维、许浑者,格调亦较贾岛开阔,仍是走苦思一路,此所以李怀民《中晚唐诗主客图》仍视之为"贾门之高弟",而将马戴列为"升堂"第一。

裴说:桂州(今广西桂林)人,裴谐兄。说少逢唐末乱世,奔走于江西、湖南等地。尝叹:"避乱一身多",见者悲之。履行旧卷,久不第。至天佑三年,方以状元及第。后累迁补缺,终礼部员外郎。裴说与弟裴谐皆有诗名。与当时著名诗人曹松、贯休、王贞白等人友善。其《寄曹松》诗云:

> 莫怪苦吟迟,诗成鬓亦丝。
>
> 鬓丝犹可染,诗病却难医。
>
> 山暝云横处,星沉月侧时。
>
> 冥搜不堪得,一句至公知。

此诗以夸饰笔法叙己为诗作诗情形。由其自称"苦吟迟""鬓成丝""诗病难医""冥搜"等语,可知裴说作诗态度。再看其《汉南邮亭》:"闲吟难得句,留此谢多情"、《赠僧贯休》:"总无方是法,难得始为诗"、《赠贯休》:"是事精皆易,维诗会却难"、《湘江》云:"吟余潮入浦,坐久烧移山"则裴说堪称贾岛异世知己。裴说诗流传不多,《全唐诗》仅收录一卷。五律之外惟绝句六首,古体三首,以琢炼为工,时有惊人之笔。元.辛文房《唐才子传》卷十《裴说》:"为诗足奇思,非意表塚炼不举笔,有岛、洞之风也。"正是此因,李怀民在《中晚唐诗主客图》中将裴说列"位马虞臣之下,为升堂之次。"

许棠:字文化,宣州泾县(今属安徽)人,久困场屋,历二十余载犹未第。尝与诗人张乔共隐于匡庐。后赴人原幕谒马戴,一见如故,流连累月。咸通十二年登进士第,时年已五十。为刘邺辟为淮南馆驿官,授泾县尉。后任虔州从事。干符六年前后,任江宁丞,不久,归居泾县陵阳别业。

许棠有诗名。与郑谷、李频、薛能、林宽等人友善,有诗唱和,为"咸通十哲"之一。其诗以《过洞庭湖》著名,时人多取以题扇,致有"许洞庭"之誉。辛文房谓许棠:"苦于诗文,性僻少合。"观其《言怀》云:"万事不关心,终朝但苦吟,"《陈情献江西李常侍》五首之四云"此去吟虽苦,何人更肯听"、《冬杪归陵阳别业五首》之一:"鸥鸟犹相识,时来听苦吟"、其三云:"学剑虽无术,吟诗似有魔",可知许棠苦吟为诗,与贾岛作风相同。

许棠作品散失甚多,《全唐诗》仅收录为两卷,计有功《唐诗纪事》引其《旅中送人归九华诗》即不见于《全唐诗》。其诗以五言近体为主,内容大半为写景酬赠之作。计有功谓:

大抵棠诗多隐括,如"晓嶂猿窥户,寒湫鹿舔冰""当空吟待月,到晚坐看山。"类恬淡绝物者,然非真好也。

易言之,此类联语,或有创意不足之处。此外还有用字不够雅致之病。贺裳《载酒园诗话·又编》即指出:"写景诗虽不嫌雕刻,亦须以雅致为佳。""晓嶂猿窥户,寒湫鹿舔冰,舔字俗矣。"虽然如此,许棠诗中,仍不乏"心同孤鹤静,行过老僧真""苇宽云不匝,风广雨无闲""独起无人见,长河夜泛时。平芜疑自动,落月似相随""魂离为役诗篇苦,泪竭缘嗟骨相贫"之类精致联语,与贾岛之作风相似。或系此因,李怀民在《中晚唐诗主客图》谓"略与马虞臣相等,次之升堂第三。"

唐求,一作唐球。成都(今属四川)人。《唐诗纪事》谓:"求生于唐末,至性纯悫,放旷疏逸,邦人称谓之唐隐逸。",昭宗时,王建帅蜀,召其为参谋,辞不就。据黄休复《茅亭客语》所载,唐求好苦吟,每有所得,或成联,或词组,不拘长短,即捻为丸投大瓢中,数日后方补足成诗。后卧病,投瓢于锦江,望而祝曰:"兹文苟不沉没,得之者方知吾苦心耳。"瓢至锦江,有识者曰:"此唐山人诗瓢也。"其诗为人所竞传。唐求诗今存仅三十五首,大多为五言近体,编为一卷,收入《全唐诗》卷七二四。

辛文房谓其诗:"酷耽吟调,气韵清新。每动奇趣,工而不僻,皆达者词。"唐求当时颇有诗名,但是,其诗题材较窄,孙光宪《北梦琐言》曾讥其:"诗思游历不出二百里"。然其送别酬赠之作,亦颇有为后人所称道者。明杨慎即称其《送友人归邛州》诗云:"此诗为集中第一"。李怀民在《中晚唐诗主客图》谓"隐君负性高古,诗冷峻,得贾生骨。观其不苟传于后世,诗志可知矣。……特附贾氏升堂之后,以褒其志。"

结　论

经由以上之查考,不难获悉:贾岛诗亦属于"不平则鸣,发愤著述"之产物。前贤论及贾岛时,常举孟郊作对照,有谓"郊寒岛瘦"者、有谓"孟拙贾苦"者、有视孟贾为"草间吟虫"者,有谓读孟、贾诗如"嚼木瓜、食寒齑"者;

其实吾人如持"赏奇花、品异酒"之态度面对贾岛诗,反能别有会心。前贤苛刻之评价,不必视为当然。

平心而论,贾岛诗固有限制与缺失,其实不乏独到之特色。欧阳修尝言:"唐之晚年,诗人无复李、杜豪放之格,然亦务以精意相高。",贾岛基于特殊之才性气质,在中晚唐间,苦心孤诣,力求表现,的确开拓出与众不同之风貌。这种风貌,虽可形容为"蹇涩""枯索""寒苦",然皆不能概括完全;谓之"贾岛体""贾岛格",又不能得其实际。贾岛诗既经苦思冥搜、琢炼推敲而得,兼有寒苦、古雅、平淡、深细、奇警等诗境,故本文权以"寒狭"概括其诗风。贾岛以佛理为思想基础,以恬淡自安为基本心态面对人生挫折;运用平常题材、普通诗律,倾毕生之力于近体诗,因此五律成就尤高。

唐朝之五言律诗,自高宗神龙起,陈、杜、沈、宋开创于先,李、杜、王、孟、岑、高承继于后,至杜甫已至巅峰。杜甫之后,有尚有钱、刘、韦、郎诸家。发展至中晚唐,固然"法脉渐荒,境界渐狭"、诗人"仅知炼句之工拙,遂忘构局之精深",苍莽之气比较缺乏,难与前人争衡。然就五律之抒情写景言,贾岛诗运思之精、镂景之细,所得之成就,实不在其他诗人之下。宋吴可《藏海诗话》即称:"唐末人诗,虽格调不高而有衰陋之气,然造语成就,今人诗多造语不成。"清姚鼐《五七言近体诗抄序目》亦谓:"晚唐之才固愈衰,然五律有望见前人妙境者,转贤于长庆诸公,此不可以时代限也。"明·高木秉《唐诗品汇》在元和以下,即收录贾岛、姚合、许浑、李商、李频、马戴诸家作品;认为:"之数子者,意义格律,犹有取焉。"因此,仅就五律发展来看,贾岛其实拥有不可忽视之分量。

明杨慎《升庵诗话》卷十一曾就晚唐诗人之相涉关系,区分晚唐诗人为两派:"一派学张籍,则朱庆余、陈标、任蕃、章孝标、司空图、项斯其人也;一派学贾岛,则李洞、姚合、方干、喻凫、周贺、九僧其人也。"此种区分虽有过度简化之虞,如从以上之考察,吾人不难断定中晚唐诗人之中,确有一个奉贾岛为精神领袖之苦吟诗人群体,他们从贾岛诗寻求精神寄托与心灵共鸣,他们以清冷之意境、淡漠之诗情、佛禅之意蕴,真实呈现下层文人之哀喜,借此排解处身唐末、仕途坎坷的辛酸。贾岛在中晚唐文学拥有一定之历史地位,殆为不争之事实。

略论唐诗

　　唐代是中国诗歌的全盛时代，一部《全唐诗》所展现的"众星罗秋旻"的繁荣面貌让多少后人心驰神往，却终落于风华不再的感叹。从宋到清，诗人多以学唐为宗旨，但并没有再造出如此辉煌的景象，其中原因恐怕不能简单归结于"一代有一代之文学"。唐诗生命力的强大有着风格、技巧等各个方面的原因，这在后来的诗话里得到了充分的重视。除此之外，唐诗的成功之处还在于它有最大的诠释可能和复义层次，而这样的可能则来自于唐人无限深广的时空意识。

　　唐前的诗人慑服于山水的秀美和神界的伟力，往往忽视了个体的介入，唐后的诗人又自甘沉溺于市井的哀喜，不愿多做形上的反思。如果我们相信天与人的结合首先产生于二者的冲撞，那么唐诗也正是在这种冲撞中产生了丰富的内涵。在这个中国封建社会的鼎盛时代里，诗人们前所未有地感觉到了作为个体的人的存在，并且承受着这种觉醒给予的强烈的情感冲击。站立于宇宙之中的孤独的人，向各个方向询问着意义的所在，试图做出超越性的解答。他们迷惘于天地之悠悠，感喟于岁华之摇落，欲求永恒却终归刹那。唐人的空间终于从高台烈风转向寸草平芜，唐人的时间观渐从对历史规律的确信转向偶然瞬间的无序交替。连接时空的中介——速度——也在这一过程中缓缓消失。

　　中国诗歌中的时空问题早已得到了学界的关注。宗白华先生和刘若愚先生都对此作过专题论述，对单个作家时空观的分析更是数不胜数。本文将结合美学与思想史的有关内容，对唐诗时空观及其对诗风的影响作历时性的探讨，并试图在文本层面考察变化的依据。

一

　　唐诗时空意识的自觉首先是从卢照邻《长安古意》、刘希夷《代悲白头吟》和张若虚《春江花月夜》开始的。不论是"寂寂寥寥扬子居，年年岁岁一床书。独有南山桂花发,飞来飞去袭人裾",是"年年岁岁花相似,岁岁年年人不同",还是"人生代代无穷已,江月年年只相似。不知江月待何人,但见长江送流水。"都在年月的流转回环的叙述中造就了一种时间的永恒周转和期待的无限无依之感。陈子昂《登幽州台歌》正是这种时空意识的准确概括。诗人在宇宙苍茫之中深刻地觉察到了个体存在的孤寂和偶然,兴发出一种生命的悲情。但这种悲情并没有导向对彼岸世界的超越性追求,而是"消融在一种纯粹的美感观照或积极把握的意志里",并从此开出了盛唐诗歌审美和事功两条道路。

崇尚审美一路地将世界定义为一个自足而完整的本体,它的每一个片断都蕴含了全部的意义。在他们的时空观里,时间主要表现为自然持续性,空间则表现为广延性。既然秩序是无关紧要的,他们就没有必要在此时、此在之外寻找或创造什么,而只需抓住瞬间——也就抓住了永恒。这一类诗人以王维为代表,不管是"人闲桂花落,夜静春山空"还是"大漠孤烟直,长河落日圆"表现的都是一种似乎熟见但绝不可能的景象。他将无可抑制的"动"强纳于瞬间的静止之中,创造出一个静定而鼓胀的张力片断。这样的片断既拥有了静观的余裕又包含着运动的趋势,显出极度的圆满和自足。盛唐早期的另一些诗人,比如张九龄和孟浩然都有这样的特点。

与崇尚审美的诗人不同,事功一派的持续性时间观则具有历史性和目的性的特点。他们将历史看作向某个终极目的行进的流程,而自己则处于这个流程上特定的一环。生命的意义在他们看来主要是如何在短促的一生中最大限度地实现自身的价值,从而使数十年的生命有可能依附于青史的记录,流传万载。"宁为百夫长,胜作一书生",在这个十升中的时代里,人们急切地印证着自身价值,征战的悲壮代替了战场的荒凉,建功立业的热情掩盖了思乡的落寞,于是边塞诗蓬勃发展起来。

二

随着唐诗的发展,审美与事物的界线日渐模糊,到了李白更是将二者融合深化创造出盛唐诚挚热烈的典型诗风。初唐的时空观也正是在他手上得到了丰富和深化。

李白发展了"持续性"的时间观,即相信时间是同一物体连续的量变和抽象的单向流程。他像事功一派,相信片断是异质的,整体才具有最大的意义。但他也相信某一些片断正是整体意义的最好缩影。在对不同片断的取舍之中,李白的创作具有了跳跃性的时间特点,显出飞扬激荡之美。其次,他显然不满足于广袤的二维空间而要向至高处追寻,于是,邀月与上青天成为了李诗中最普遍的意象,而飞翔、俯瞰也成为了李白最不同于其他诗人的行为方式。更值得注意的是,对时空转换的空前热情使得他的诗中充斥着强烈的速度感。这样的例子在李白的创作中俯拾皆是:

危楼高百尺,手可摘星辰。(《〈独宿山寺〉》)

扪参历井仰胁息,以手抚膺坐长叹。(《蜀道难》)

举杯邀明月,对影成三人。(《月下独酌》)

青天有月来几时,我今停杯一问之。(《把酒问月》)

朝辞白帝彩云间,千里江陵一日还。(《早发白帝城》)

我寄愁心与明月,随君直到夜郎西。(《闻王昌龄左迁龙标遥有此寄》)

长风万里送秋雁,对此可以酣高楼。(《宣州谢朓楼饯别校书叔云》)

明月出天山,苍茫云海间。长风几万里,吹度玉门关。(《关山月》)

恍恍与之去,驾鸿凌紫冥。俯视洛阳川,茫茫走胡兵。(《古风·其十九》)

天台四万八千丈,对此欲倒东南倾。我欲因之梦吴越,一夜飞度镜湖月。(《梦游天姥吟留别》)

君不见黄河之水天上来,奔流到海不复还。君不见高堂明镜悲白发,朝如青丝暮成雪。(《将进酒》)

如果说"明月出天山,苍茫云海间"构造出王维般的圆满静定之境,"长风几万里,吹度玉门关"就立刻打破了这种宁静,给人以山雨欲来的骚动不安之感。如果说"高堂明镜悲白发,朝如青丝暮成雪"像极了初唐人的生之感喟,但他并没有完全将自己的价值寄托于事功之上,而是撷取了"五花马,千金裘,呼儿将出换美酒,与尔同销万古愁"的美感瞬间,以另一种方式演绎永恒。李白的宇宙无限广阔,从名山到沧海,从地底到天界,他对速度的向往又使得这个本已博大的世界充满了动感和活力。在这个世界中,似乎一切都被宇宙运行的强大力量所推动,人也不复是宇宙中孤绝渺小的个体,而是对这种力量最具感发的生命。因此,人有可能在某种极致状态下达到与宇宙的合一,这种状态在李白就是将万古愁强纳杯中或者化而为鹏搏击九天。

李白的宇宙虽然不如王维的宇宙那么静定雍容，但他所表现的生命强度却大大超过了王维。从瞬间、自发的体验中获取理想化的世界，品味回归的自足和快乐，这固然是一种境界，但这样的境界多少有些自欺和脆弱。从无限中走来的人，正是感知了自身的有限，在无法解脱的悲哀中接受了残缺，才能够回到无限中去，真正得到完满。这是李白的态度，也是盛唐之风的深刻体现。西方人更多地欣赏王维那种简单的圆满，并把它当作唐诗的顶峰，正是因为没有认识到李白宇宙观的层次性和复杂性，更没有看到这些不同层次之间的巨大张力赋予他创作的深厚的内涵。李白的诗歌质朴无华却浑然天成，明白晓畅却韵味无穷，多少年来只能解释为一种天才的抒发。这正是因为李白对于世间情感有一种强烈的体认，对于形上之思又有极端的热情，而当他以强烈的人间情怀去进行超验之问或者以超越性的目光来观照人世沧桑，他的抒发就真正沟通了天人二界。

李白达到了唐人对时空追问的极致，"安史之乱"后，随着社会发展的急转直下，文化精神、审美态度等方面都产生了急剧的变化。盛中唐的交替不像初盛唐的交替是一个自然的演化过程，而具有强制性的色彩，这个时代的时空观也不再仅是对盛唐的发展，而在某些方面表现出了对现有观念的反动。此时，空间观念从高远走向平远、时间观念更产生了质的变化，速度感则渐趋消失。这在杜甫后期的创作中有着突出的表现。

三

相比李白的御风而行，杜甫对高处的探寻则不免要依赖　定的媒介，表现在行为方式上就是登楼。杜甫以登楼为题的作品之多让我们无法不将其作为一个现象来考察。从《登兖州城楼》到《同诸公登慈恩寺塔》，他在生命的每一个阶段都创作了关于登楼的佳作，到了晚年，他更留下了《登楼》《白帝城最高楼》《登高》《登岳阳楼》等千古绝唱。经过仔细阅读，我们不难发现，相比早期，晚期作品中的登楼有一种身负万钧而又要冲破地心引力的异常的艰难。随着这种艰难，诗人的叙述变得缓慢而压抑，诗人的目光也不再纵横于青天黄云之上。年轻时代的杜甫看到的是"造化钟神秀，阴阳割昏晓"、是"羲和鞭白日，少昊行清秋"，晚年杜甫看到的却是"锦江春色来天地，玉垒浮云变古今""扶桑西枝对断石,弱水东影随长流"、是"吴楚东南坼,乾坤日夜浮"。如果说李白的登临是为了靠近渺茫的宇宙,手捧莲花,摘取星辰,杜甫的登楼则不再为了"登高"而是为了"望远"。他的目光纵然偶尔触及天际也不愿投注世外,宁可"依北斗"而"望京华"。

在杜甫笔下,清朗幽密天空常常被浓云遮住,铺满浓云的旷野显得那么广袤,在这旷野上常常有一两点鲜活的生命反抗着巨大的压力,如白鸥,如渔火。这是杜甫在审美习惯上与盛唐人最大的区别,也开创了韩孟诗派以及李贺的审美世界。从杜甫开始,唐诗从高远走入平远,这一美学特质在大历诗人和元白的后期创作中有突出的表现。

杜甫的时空观特别是时间观在《秋兴八首》中得到了充分发挥。《秋兴》以"玉露凋伤枫树林"始,以"江湖满地一渔翁"终,其间写及"画省""五陵""蓬莱宫""花萼楼""昆明池",都浸染着今昔对比的浓郁感伤。波浪兼天、风云接地,巫峡秋气化为玉露,充塞碧落黄泉,在这样混沌不朽的强大秋气中,人却终归与枫树一同凋伤的命运,无处脱逃。欲归不得的哀伤终于化为无处可归的感慨,一己失意也转化为对盛衰无常的追问。最后,空间的追忆结束于时间的迷茫,却又用空间的廖阔表现出来。

以蜀中静止的眼光去观照昔日繁华,杜甫笔下那些斑斓的片断就展现出时间的错位。不管是"香稻啄余鹦鹉粒,碧梧栖老凤凰枝"颠倒的语式,还是"漂泊菰米沉云黑,露冷莲房坠粉红"那种极端的成熟无法疏解而趋于腐败的恐慌,都揭示了历史时间与原初时间(自然时间)的断裂。这再不是王维的永恒瞬间,而是历史休克的无措。时间错置的荒谬感和时间停滞的荒芜感在"织女机丝虚夜月,石鲸鳞甲动秋风"中达到了极致,一种令人战栗的静止横亘在人类历史与宇宙之间,隐含了后来韩愈所追求的"怒张"。

杜甫晚期的创作是唐人时空观演化的转折点,中晚唐所有最著名的诗派都沿袭并发展了杜甫在《秋兴》中所反映的时空意识。这也许并不是有意的模仿,而是时代的必然。前人评论杜甫早年在警示唐皇朝所面临的政治危机时所表现出的预见力,曾经将之归结于赤诚之心而非政治才能,在这里也说得通。优秀的诗人以心灵感物,往往在不知不觉中泄漏了时代命运的机密。"子美集开诗世界",不仅由于杜甫对中国诗歌的影响之大无人能及,又何尝不是在肯定杜甫对文化精神发展方向的极度敏感呢?

四

《秋兴》写于大历元年,时间停滞的荒芜感似乎是大历年间所有诗人都不得不面临的问题,甚至后来的元白和韩孟诗派也无法逃避。根据对于此种荒芜的不同态度,我们可以把大历诗人和后期的元白归为一类,而把韩孟诗派归为另一类。到了中唐晚期,当这两种态度发展到极致,"浅俗"与"丑怪"终于无法担当诗界重振的任务,唯美主义又重新得到重视,这就是李贺和杜牧、李商隐的创作。他们继承并发展了杜甫时间错置的荒谬感,其时间观念与旧有观念已完全背离。与上述过程相适应,从大历诗人开始,唐人笔下的空间也分别向低平、狭仄和破碎发展。

时间停滞从本质上来说是一种残缺,对待这种残缺无非两种态度,一为忘却,二为把玩。大历诗人勘破知性时间,选择隐遁逍遥,而韩孟诗派则满足并品味着生命的歉然。这两种态度看似不同,却都达到了适意自足的境界。

在大历诗人那里,时间是不存在的,所以他们的诗给人以静止的感觉,有人认为他们与王维相似,就是看到了这一点。但我认为,这种静止与王维有显著不同,即王维的"静"包含着强大的"动",故而具有张力,而大历诗人的"静"却比较单薄。历史已经从生命中抽去,生活阅历和形上之思又如此匮乏,他们只能纠结于世事之上,退守心灵空间。蒋寅把他们的主题取向归纳为迷惘和反思、衰老的感叹、孤独与友情、乡愁羁恨、隐逸的旋律和自然的新发现六种,并且指出其彼岸意识的极大缺失,这是很准确的。在时间和高度——我们可以把高度当作寻求超越的象征——二维被抽空之后,大历诗人的创作就显出了明显的平远的美学特质。而他们成就最高的诗也正是那些清幽淡雅,游刃于江河之间的作品:

独怜幽草涧边行,上有黄鹂深树鸣。春潮带雨晚来急,野渡无人舟自横。(韦应物《滁州西涧》)

钓罢归来不系船,江村月落正堪眠。纵然一夜风吹去,只在芦花浅水边。(司空曙《江村即事》)

凉月如眉挂柳湾,越中山色镜中看。兰溪三日桃花雨,半夜鲤鱼来上滩。(戴叔伦《兰溪棹歌》)

天地是如此宁静闲适，情调是如此冷落寂寞，诗人在这样的世界里忘却尘嚣、忘却苦难，甚至忘却了自己。他们既然无法担当历史，就索性把这一切统统抛弃，遁入秋月春风，远浦轻舟，在天地自然的时间中，感觉清虚无情，没有期待、没有热情的生命，也就没有了悲哀。如果说杜甫也孤独迷惘，也有乡愁和羁恨，也感叹衰老祈求友谊，也并不向彼岸去追寻，但杜甫的感情极其深厚博大，所以能够将这些意绪收束在一片赤诚之中，肩起自身和社会的苦难，面对历史的荒芜，大历诗人的感伤却因缺乏担当的勇气而终成死灰。他们的诗境是狭小的，这样的作品虽然清丽脱俗、情思袅袅，却终究过于纤弱，而这样的诗人虽然看似敏感，却也冷漠无情。

不仅大历诗人，当晚期的元白抛弃了早年"为歌生民病"的内容要求，却依然沿袭尚俗、务尽的创作主张，他们的笔下也出现了这种简单而闲适的意趣。忘记了时间的荒芜，自然也可以忘记自己对于历史的责任，消极而自足地生活，当然这种自足与王维已不可同日而语了。

相比大历诗人，韩愈和孟郊从来没有忘却时间残缺的噩梦，相反，他们的整个生命都在这个噩梦中震颤。然而他们并没有怀疑这种残缺，他们的思绪还是流畅的，感情还是饱满的，并没有像李贺那样承受着自己连同所处的世界被时空撕裂的压力。他们品味并把玩着残缺，从中看出另一种美来，"既然唯有生命欻然本身值得肯定，在审美的观照下，生命欻然及其连带的邪恶、纵情、浑浊都得到肯定"，不管是瘁索、枯槁、饥寒、恐怖，还是光怪陆离、震荡幽奥，他们都斩钉截铁地描述出来，并从中得到了美的快感。他们与李贺的区别并不在意象上，而在于他们已经沉溺到这种残缺中去了，既然丑是美，所谓的悲凉也早已变质。将外界的荒芜熔化在内心的美感关照中，这何尝不是一种自足。

或者放逐痛苦，或者熔化悲凉，中唐诗人的生命是缺少层次的，他们的诗歌也终因张力的匮乏而略显单薄。生命力度的消沉是时代的通病，大喜大悲是伤身的，谁又肯去承受？拥有一颗最敏感的心灵已经不幸，若此心灵不但敏感并且执着，则更是不幸之尤，何况身处于这样一个时空错置的时代。然而，"诗穷而后工"，李贺和李商隐正是在内心强烈的矛盾煎熬中谱写了唐诗最后的华章，而杜牧则以其特有的积极态度稍稍化解了它的沉痛。

李贺的诗歌一直被视为七宝楼台，无法拆解。这里面也许有他自己性格的原因，但更多来自时空观的特殊。中晚唐的诗人中，李贺是个"鬼才"，因为他虽然漂游于人、鬼、神三界，却对短暂的人生有着一种最深的执着。"衰兰送客长安道，天若有情天亦老""王母桃花千遍红，彭祖巫咸几回死""几回天上葬神仙，漏声相将无断绝"，他不愿意无情无为地永生，甚至表现出对游仙诗的解构。中国古来，诗人蔑视神界的永生，李贺大概是第一个。为了肯定人世短暂的生命，他宁可接受人生的特殊形式——死亡，他孜孜不倦描绘的鬼界也正是人世的投影。

《苏小小》表现的是这样一个世界："兰露易晞，烟花易散，水佩风裳自可见而不可捉摸，磷火荧荧，更恍然如梦。"这短暂的一切转瞬即逝，却有一油壁车相待于西陵松柏下，自晨徂夕，没于暗风冷雨。以此世之油壁车待彼世之女鬼，终归车弊人殇的命运，却仍不改其志，是一种沉痛的反抗。在虚与实的穿插，短暂与永恒的相生中，表现的不是对美人逝去的惋惜而是对信念的执着。他让人世最美的东西在鬼界里得到了永恒，不为超脱，而为眷恋人间。李贺的位置是站在人鬼两界的边缘，并且面向人世的。可是，对生的执着为什么会发展为对鬼的依托？这里面反映的即是时间的错置。

李贺一生都生活在这种荒谬中，自然与历史已然断裂，历史又不复是持续，时间在本质上则只是一种顺序，是两个相继出现的事物间的关系，是两个刹那的中介。要在这种无可捉摸的瞬间交替中找到价值无异于痴人说梦。"地老天荒"，李贺的世界于是断裂为碎片，他却不肯超脱，偏要用自己的心血将之黏合为一个整体，试图为之梳理出一种秩序。这样的秩序不但无法轻易得到，而且只能统一在情感和心灵的最幽微处。这就是为什么有人说"因为李贺的诗往往是连缀着印象和感觉的片断，所以局部可以达到细致入微的真实，而全体则是不可思议的荒诞"。为混乱的时空和价值世界重造秩序，此种事业乃是造化之功，非肉体凡胎所能承受，李贺的早逝与此难脱干系。

对于时空秩序的重建，杜牧、李商隐没有达到李贺的自觉水平，但他们都感觉到时间错置的荒谬。杜牧侧重于盛衰无常，向历史王道寻求解答。《江南春绝句》《金谷园》《过勤政楼》《登乐游园》等怀古诗都沿袭了杜甫"国破山河在，城春草木深"的手法，用自然的繁茂反衬历史的衰飒。李商隐则侧重于人生无常，在《无题》《燕台四首》等诗中创造出一种幽微细密、交错纠结，苦苦追寻却更行更远的情思。如果说杜牧的诗常常表现为昔与今、自然与历史两个无法沟通的片断，李商隐的诗就完全是一堆散乱纷杂的残片了。

前人评论李商隐的创作,认为这些残片事实上是一些本体没有出现的象喻,而正是熔注于喻体中的浓厚情思赋予了它们全新的含义并将之衔接起来,构成一个朦胧的境界。这在本质上是与李贺一致的,只是由于诗人个性和遭遇的不同,一个狂放,一个隐约。

值得注意的是,在接受了时间错置的荒谬感后,杜牧和李商隐作出了不同反应。仔细考察二人的创作,我们会发现,杜牧对于历史的遗憾和李商隐对于追寻的绝望都十分强烈。杜牧认为历史的荒谬来自于一些偶然的事件,而这些偶然则源于决策者的失误。杜牧喜欢写翻案文章,他的咏史诗总是摩拳擦掌、跃跃欲试。这位注过《孙子》的诗人参政意识之强与王安石不相上下,他的怀才不遇就显得格外具体和强烈,充满了力挽狂澜的自信。有人认为杜牧落拓似李白,这大概也是一个原因。李商隐则消极得多,他接受并认可了时间非目的性的荒谬,将之当作一种无须置疑的必然,当作生命的本义。他不再拥有希望,却又无法忘情:"春日在天涯,天涯日又斜""刘郎已恨蓬山远,更隔蓬山一万重""若到阆中还赴海,阆州应更有高楼""行到巴西觅谯秀,巴西惟是有寒芜""壶中若是有天地,又向壶中伤别离",这样的意绪竟有些像加缪在《西西弗的神话》和鲁迅在《过客》中表现的没有终点的苦行,只是少了些对绝望的嘲弄,多了些明知不可为而为之的凄恻——只有赤子之心才能承受的凄恻。

从李贺到李商隐,我们又看到了盛唐人那种强烈的感情,只是此时悲恸早已超过了欢欣。感受着时代的荒谬,又不肯遗忘或把玩残缺,不管是重造秩序还是承担绝望都需要忍受沉痛的巨大勇气。从这个意义上来说,他们已经超越了元白、韩孟和大历诗人。李商隐之后五十年,唐皇朝送走了它的最后一轮夕阳。整个唐代诗坛为之苦苦追寻过的时空世界终于堕入叶底花间,在词的世界里开出另一番天地——只是要狭小而现实地多了。

"上下四方曰宇,往古来今曰宙",既然时空是以其与人的相对位置来定义的,那么人类所面临的终极问题就是时空世界与人的关系问题。当人类从苍茫蒙昧中觉醒过来,就立刻被投入了短暂与永恒的二元对立中。这一对无法解决的矛盾确定了人类社会最基本的层次——人类对生命自身的体认和超越。永恒是人类追寻的目标,短暂却赋予了追寻意义,在挣脱与无可挣脱之中,产生了最原始的张力。人类追寻的道路布满了不可预料的陷阱,诗人却用最善感的生命与之搏斗。"生之谓性""生生之谓易",生命意志的创生化育力量就是宇宙之本体,诗人的搏斗最终被定义在自己与身处的时空世界之间。

唐人对时空的追问,有骋怀于宇宙、有专注于历史,有执着于人生,这也是初唐、盛唐、中晚唐的差别所在,但最优秀的作品都具有同样饱含的张力。诗歌是诗人的创作,是感性的抒发,是时代的声音,是大化运行之气,诗歌的张力就存在于个人与社会、感性与理性、现在与过去,超脱与体认之间。真正杰出的诗人并不试图将之消熔于一端,而宁可接受两界的煎熬。两界愈远、禀赋愈强,煎熬愈锐,诗歌的感染力就愈大。蚌病成珠,如果李白没有形上的追求,杜甫没有历史的遭遇,李商隐没有病态的敏感,他们的痛苦会少得多,唐诗的天空也会灰暗得多。真正优秀的作品也不仅具有一种张力,既然时空中的一切都归结于生命意志,一种感怀事实具备了多个层次。那江头宫殿里锁住的不仅是白头宫女,何尝没有王朝的兴衰和天道的轮回,那云母屏风里藏着的除了相思之心,又怎能忽略太过孤高终于落空的追寻?

唐人是善感的,唐代是丰富的,他们必然要经受比之他代更多的煎熬。从最初长江高台上的歌哭到最后青冢黄昏里的涕泣,在接受了时代变迁的负担后,诗人将抛向宇宙的迷惘收纳进内心最幽微处,以生命回答天地所不能回答。这是何等的痛楚,又需要怎样的生命力度来承受? 他们不是不能超脱,却选择了面对。这种选择如此艰难,与之相应的是诗风一次次的嬗变,但无论是睥睨还是承担,唐人都用生命实践和完成了他们的诗歌,也完成了追寻的历史。

描述完时空观从初唐到晚唐的整个转变过程,我们似乎也站在了时空的荒原上,不知向何处行走。无法轻松,却想起了一句话:"太上忘情,其次不及情,情之所钟,正在吾辈",作为此时心态的写证,也作为结语。

我国古代诗歌风格论中的一个问题

我国古代的诗评家们,在评论诗人的艺术风格时,往往使用诸如雄浑、豪放、飘逸、绮丽、纤秾、幽婉、婉约、清新、典雅、古淡之类的概念。当说到某某诗人飘逸绝尘,某某诗人幽婉凄切,某某雄浑而某某典雅时,我们凭借着自己的审美经验,立刻就会意会到一些什么,把某一诗人的许多作品的共同特色一下子串起来,想象起某种美的境界,好像是明白了。可是,如果进一步追问我们:雄浑到底是个什么样子呢?我们可能就很难答得上来。即使不至于张口结舌,至少也只能含含糊糊。如果我们硬要给它下一个明确的界说,那么别人就可能提出异议。到头来同一个概念,很可能是言人人殊。

形字因此有人认为这些概念过于抽象,有点像玄学;也有人认为这些概念过于模糊笼统,缺乏科学的准确性。这些看法,好像都不易使人信服。说它抽象吧,它又让我们感到某些美的形象。它是可感的、具体的。说它不准确吧,它又把一个诗人的风格传神地点出来了:他就是他,贴切得很。例如,苏轼在《祭柳子玉文》中提到:"元轻白俗,郊寒岛瘦。"以"寒""瘦"论孟郊和贾岛的艺术风格,遂成千古定评。"寒",当然也可作穷窘解,但显然苏轼指的是整个诗的风貌的清冷的"寒"。"寒"是一种诉诸视觉的形状。有谁感到过寒的诗和看见过瘦的诗呢?没有。以此索解,了无蹊径。但是它确实又是可感的、具体的,它触发我们的想象,引起我们的美感联想。在我们想象的天地里,就会呈现孟郊和贾岛的诗的某些画面、某种境界的美,然后会惊异地感到,用"寒""瘦"来描述这种画面和境界所体现的美,实在是再恰当也不过了。

这到底要作何解释呢?要解释清楚这一点,可能会涉及许多问题,诸如中国古典诗歌的特征,民族的审美习惯,中国传统诗论的特点等问题。这些问题很难一下说清楚。如果再把范围缩小一点,从一个小的角度来窥测这些现象产生的原因。譬如说,诗论家在运用诸如雄浑、寒、瘦等概念评论诗的风格时,他们的思维过程到底是怎样的?他们采用什么样的思维形式?

有什么样的特点？或者有助于对这些现象的认识。本文试图涉及的，就是这样一个小问题，并且仅仅把它限制在这个小小的范围之内。

一

我们先来解剖一个有代表性的实例，就从"郊寒岛瘦"开始。

"寒"，显然不仅仅指诗的内容多写穷苦生涯，"瘦"，也不只是指缺乏辞采，而是指诗的整个风貌，指表现诗的风貌的一种意境的美的类型。

苏轼没有对"郊寒岛瘦"作明确的说明，但从他的两首《读孟郊诗》中，可以看到他对"郊寒"的或一所指。诗是"孤芳擢荒秽，苦语余诗骚。水清石凿凿，湍激不受篙。初如食小鱼，所得不偿劳；又如煮彭蚏，竟日嚼空螯。要当斗僧清，未足当韩豪。人生如朝露，日夜火烧膏，何苦将两耳，听此寒虫号。"在这诗里他用了三个形象的比喻来形容孟郊的诗：有如清水浅流，明澈而湍急；又如小鱼、彭蚏，虽有滋味而乏丰腴膏肉；复如寒虫鸣号，给人以萧索之感。这三个比喻，都没有明确的界说。小鱼、彭蚏之比，似指诗的内容不够丰满；清水激湍之喻，似指境界之清冷急促；而寒虫悲鸣之形容，则似指效诗感情基调之悲苦凄凉。显然，这是苏轼对孟郊诗的一种感觉。这种感觉，是以一系列的联想出现的。每一个联想，虽可能由于诗的某一风格因素所引发，但其实又是对于诗的整个风貌的印象。大概就是由这一个个的印象造成了一种"清冷"的总的印象，也就是他所说的"要当斗僧清"的"清"，在清冷上可与贾岛相比。从"清冷"，又进一步转移，产生"寒"的感觉。

我们可以再证以其他人的论述。对孟郊诗的风格特色有这种感觉的人还不少。例如，贾岛在《投孟郊》诗中，提到"容飘清冷余，自蕴襟抱中"。他注意到了孟郊诗的清冷意境，并且指出这种清冷意境与他的襟袍有关。欧阳修说："堪笑区区郊与岛，萤飞露湿吟秋草。""萤飞露湿吟秋草"这样一个境界给人的感觉是"清冷"。用这样一个意境来说明孟郊与贾岛的诗的风格，显然也出于联想。范晞文更引孟郊的《长安道》诗："胡风激秦树，贱子风中泣。家家朱门开，得见不可入。长安十二衢，投树鸟亦急。高阁何人家，笙簧正喧吸"，说孟郊的诗"气促而词苦"。所谓"气促而词苦"，主要也是指感情基调的悲苦凄凉。从他所引的这首诗，可以看他要强调的是弥漫于孟郊诗中的悲苦凄凉的情调。这种情调给人的感觉，当然也还是"清冷"。又如,葛立方说孟郊诗"皆是穷蹙之语"张文潜说孟郊诗"以刻琢穷苦之言为工。"张戒说郊诗"寒苦"。魏泰说郊诗"寒涩穷僻",意思都相近,都是指郊诗给人的悲苦凄凉的感觉。这种感觉在感情上和清冷是相通的,与苏轼的所谓"寒",也很相近。

我们还可以直接证以孟郊的诗。郊诗虽也有少数篇章如《游子吟》那样脉脉深情,如登科后那样轻快自得,但大多数描写的是穷困失意的生活境遇,意境清冷,调子凄凉。我们试将《苦寒吟》抄在下面:

> 天色寒青苍,北风叫枯桑。
> 厚冰无裂文,短日有冷光。
> 敲石不得火,壮阴正夺阳。
> 调苦竟何言,冻吟成此章。

在这诗里,孟郊用冷的色调,着意描写了一个阴冷死寂的境界和在这个境界中诗人自己穷愁苦吟的形象,在阴冷死寂的意境中浮动着凄凉的情思。《秋怀之一》:"孤骨夜虽卧,吟虫相唧唧,老泣无涕洟,秋露为滴沥。"用秋虫悲鸣的境界烘托穷苦的身世,而以秋露与涕泪的联想表现着深深的凄凉情怀。又如《秋怀之四》:"秋至老更贫,破屋无门扉,一片月落床,四壁风入衣。"《秋怀之十一》:"幽苦日日甚,老力步步微,常恐暂下床,至门不复归。"《秋怀之十三》:"秋气入病骨,老人身生冰,衰毛暗相刺,冷痛不可胜。伸至明,强强揽所凭,瘦坐形欲折,腹饥心将崩。"这类诗很多。它们的共同特点,是写穷愁生活,抒悲愁情怀,感情基调悲苦凄凉,意境清冷。

这些都足以从不同方面证明,"寒",是指诗的一种清冷的意境的美。是指由这种清冷的意境引起诗评家们的感情共鸣,触发他们的美感联想而产生的一种清冷凄凉的"寒"的感觉。它是可感的具体的。

至于"瘦",当然也和"寒"一样,是由诗的意境触发诗评家们的联想,而产生一种"瘦"的形象的感觉。苏轼没有进一步论述贾岛的诗,不过,从他对"郊寒"的概括方法可以证明这一点。同样,我们也可再证以贾岛的诗。"瘦""腴"相对,就是不丰满。读贾岛诗,会感到他的诗内容不丰满,想象不丰富,境界狭窄,虽也有少数诗篇如《剑客》慷慨激昂,但大多数诗篇感情清冷,表现着寂寞孤独的情怀,如《秋暮》:"北门杨柳叶,不觉已缤纷。值鹤因临水,迎僧忽背云。白须相并出,暗泪两行分。默默空朝夕,苦吟谁喜闻。"全诗的境界是迫促狭窄的,想象并没有起飞,只写得垂泪苦吟的诗人独立于秋日之中,连周围景物也寥寥无几,引不起读者对诗的意境的丰富联想。《雨中怀友人》:"对雨思君子,尝茶近竹幽,儒家邻古寺,不到又逢秋。"同样缺乏丰富的想象,缺乏丰满的境界,只表现着一点寂寞孤独的情绪。贾岛的诗,寂寞孤独的情绪是很突出的,像有名的《题李凝幽居》那样表现着孤寂冷落感情基调的诗所在皆是。不丰满、狭窄、寂寞冷落,使他的作品给人造成一种单薄、孤寂的感觉,从这种感觉见,再联想到瘦削,产生属于体积的"瘦"的感觉。

我们还可证以其他人的评价。欧阳修说贾岛"枯寂气味形之于诗句"。陆时雍说贾岛的诗"气韵自孤寂。"气味和气韵,都是指诗的意境所蕴含的色彩、气氛、情思。说他的诗气味、气韵枯寂,就是说他的诗表现出一种枯槁冷落的诗的意境。枯寂,是"瘦"的另一种说法,不过,"瘦"侧重于从神上说,枯寂侧重于从韵味上说罢了。

无疑,"瘦"也是指一种类型的意境的美。同样是可感的,具体的。

从以上简略的解剖中,我们可以看到,"寒""瘦"所描述的,是诗的境界的美的类型。它是可感的、具体的、传神的。它建立在我们的审美经验的基础上,诉诸我们的想象,触发我们的美感联想,而不是建立在概念、分析、推理、判断的基础之上,引发我们去进行理性的思辨。评论诗歌风格的许多用语,如雄浑、飘逸、壮丽、清远等等、等等,都有着这样的特点,它们不同于义界明确,高度抽象的科学的概念。为了论述的方便,我们姑且给它们一个名字,称之为"形象性概念"。

从对"寒""瘦"的上述分析中,我们已经可以看到,这一类概念产生的过程没有离开情感与灵感。为了更清楚地说明这个思维过程,我们不妨来看看司空图对二十四种诗歌风格的解释。

司空图是皎然之后,曾经明确地认识到诗歌风格论中的形象性概念主要指诗的某种类型的意境美的一个人。他把一个个用以描述不同风格的形象性概念,看作是某种意境类型的传神体现。这一点,可以从他着力描述一个个的美的意境,以传神地说明一个个标志风格的形象性概念得到证明。例如,他描述"纤秾"这种风格:

采采流水,蓬蓬远春。窈窕深谷,时见美人。

碧桃满树,风日水滨。柳阴路曲,流莺比邻。

这是两个美的境界,头一个境界:明丽的流水,茂盛的春天。首先就把我们引进明媚的春光中,我们仿佛可以看到明亮的阳光在微波上跳跃,四野是绿叶如翠,绿草如茵;仿佛闻得到沁人心脾的春的气息,到处的一派生机,给人以鲜明的色彩,蓬勃的生命的舒畅的感觉。接着,他又把我们带进了幽静的春的山谷中,让我们进一步领略这种色彩鲜明、生机盎然,然而又是细腻的美。他在万绿丛中缀以红妆,让美人在春光潋荡的山谷中时而出现。他认为这就是"纤秾"之美。

至此还没有结束。他又为我们描绘了第二美的境界:我们眼前是碧桃垂枝,柳阴莺啼,和风拂袖,水波明媚。我们又进入了一个美的境界。这样一个境界给予我们的美的享受,和上一个境界是一样的,同是色彩鲜明,生机盎然,明媚舒畅。事实上还可以描绘出第三个、第四个,以至更多的美的境界,以说明"纤秾"之美。

我们无须对司空图的诗歌风格论作进一步的引述,从他对"纤秾"和"清奇"的描述中,我们已经可以看到:他从每一个标志风格的形象性概念中,看到了具体的美的意境,并且力图把它描述出来。如果把他的这种做法加以简单图解,那就是:

形象性概念美的意境。

而实际上,这正好是我们所要探讨的产生形象性概念的思维过程的还原。他所描述的美境界,正是形象性概念所由产生的依据。把它倒过来,正好表现了诗评家们在运用形象性概念评论诗的风格时的思维过程:

美的意境形象性概念。

而由于这个美的意境不是某一首诗的特有意境,而是一种美的意境类型,是在概括许许多多的诗的意境的共同之美的基础上产生的,因此,这个思维过程的恰切表述应该是:

形象性概念这就是说,诗评家们从大量的感性材料开始,从某一诗人的一首一首的诗的具体而生动意境中,产生美感,接着,这些一个个的美的意境在大脑中集中,进行类比、概括,从其画面、色彩、气氛、感情基调的相近或相似之点,融合出一种美的意境类型(共性概括);然后,取其传神之点,就像画人画眼睛一样,用形象性概念表现出来。这样一个思维过程,虽然在从感性个别至意境类型,再到形象性概念的每个阶段,都伴随有抽象思维,但主要的是运用形象思维,这个思维过程 始终没有离开感性形象、想象和美感联想,甚至感情和灵感。举个例说:苏轼读孟郊的诗,一个一个的意境给了他美感,通过集中、类比、概括,发现了它们美的共同点,这就从感性个别进到了意境类型。在这个过程中,当然也会有抽象,但主要的是形象地概括、集中。没有舍弃感性形象和美感联想。例如,上面举到的苏轼读孟郊诗的那感觉就可以充分说明。在那种感觉中,意境类型不是被抽象为科学的准确的概念,而是以一系列的美的联想出现的:"水清石凿凿,湍激不篙";"初如食小鱼,所得不偿劳;又如煮彭蚏,竟日嚼空螯";"寒虫号"等等。一个一个的画面接踵而至,这就是美的意境类型的概括、集中、融合的过程。如果我们也学习司空图,代他把这个意境类型用具体的境界描述出来,那么"寒虫号"一句,就可以写成这样:

荒村月落,河汉星高,冷风侵骨,寒蛩哀号。

这当然只是为了说明问题的一个发挥。但这个发挥大概与苏轼论"郊寒"的思维过程并不违背。因为清水激湍、寒虫哀号、小鱼彭蚏的联想,在苏轼的思维过程中存在过,我们只是模仿司空图的表述方式加以表述而已。

大概就正是在这一个个联想中,苏轼才感到有一种萧瑟之感,借助美感联想,才产生"寒"的感觉,用一个"寒"字,把在他头脑中的孟郊诗的意境类型表述出来。

没有具体的意境的美,离开感性形象、离开想象和美感联想,就无法概括出意境类型,也难以传神地用形象性概念把它表述出来。

二

由于诗评家们运用形象性概念评论诗人风格时独特的思维过程,随之也就形成了形象性概念的几个特点:

一是传神。它只是把某种类型的意境的美传神地描述出来,让我们凭借自己的审美经验去领会、去想象、去再创造。它不是详尽地描述,给我们一个明确的画面,告诉我们如此而已,更无其他。它更不是理论的辨析,引导我们去思考、分析、判断。我们的传统诗歌风格论,往往很少理论色彩,而更多艺术的气味。在传神这一点上,它就和艺术创作十分相近。"郊寒岛瘦"这个"寒"字,"瘦"字,没有传神妙法,是难于创造出来的。而传神,正是它的最大特点。它能把诗人的风格特征恰切地、生动地、形象地描述出来。也只有传神,才最适于表述不同的诗歌风格。前面说过,一个诗人的风格,是由许许多多的诗的意境的美,集中、概括为意境类型,即为一种诗美类型表现出来的。它具有每个具体的诗的意境的美的主要特点,而又不同于每一个具体的美的意境,它的容量是十分巨大的。要把这个容量巨大的意境类型表述出来,传神是最好也是最省力的办法。用一个明确的、范围严格的界说,用一个特定的画面,都不足以表述一个意境类型,不足以表述一种类型的诗美。因为界说越明确,越严谨,画面越具体,容量也就越小。而用传神的办法,把最主要的特征传递出来,留下联想的广泛天地,却正是保存巨大容量的好办法。

二是美感联想。形象性概念由于它可感的、具体的、传神的表现出某种类型的意境的美,它也就能够触发我们的美感联想。寒或瘦,雄浑或飘逸,古淡或清奇,一个形象性的概念,往往就会揿动我们心中的电钮,我们审美经验中积累起来的一个个的画面就会出现,就会想象起某种美的境界来;寒就是这样,瘦就是这样,飘逸是那个样子,雄浑是那个样子,等等。在这里,美感联想占着重要地位,用逻辑推理,是很难恰切说明形象性概念的确切含义的。诗没有温度,当然不能给人以寒热之感,诗也非生物,自然也不会有肥瘦的形状。而美感联想,却能把寒和瘦的境界呈现于我们面前。

引发美感联想,这也正是我国传统诗歌风格论的优点。由于引发美感联想,诗人创造的独特的诗美,才在读者各自的美感联想中得到再创造,充满了生生不息的生命力。

三是由于它是传神的,而且能够引发人们的美感联想,因而也就造成了它的含义缺乏明确的、严格的规定性。它呈现在我们面前的画面,也是朦胧的、多变的。同一个形象性概念,可能由于读者不同的审美经验而呈现不同的画面。例如,"纤秾",司空图描述了两个美的境界,他人也可能根据自己的审美经验和美感联想,描述出另外的境界。清人孙联奎由司空图释"纤秾"的"流莺比邻"一句,联想到自己的审美经验,描述了一个更为具体的美的境界:

余尝观群莺会矣;黄鹂集树,或坐、或鸣、或流语,珠吭千串,百机竞掷,俨然观织锦而语广乐也。因而悟表圣"纤秾"一品。

其他的人,还可能描述出"纤秾"的其他的美境界。

这也就同时产生了它的弱点。由于含义的不明确,在借助想象、美感联想,甚至灵感和感情去感觉它、理解它、说明它时,就常常会遇到只可意会,不可言传的困难。司空图有时就明显地陷入了这种困难之中。他常常说得不明确、不清楚,灵感一现,好像接触到了,捕捉到了某种形象,可是要清楚描述出来,却往往无能为力,只好说得模模糊糊。例如,在用两个美的境界描画"冲淡"这种风格的美之后,他还想再进一步描画"冲淡"的美,说:"遇之匪深,即之愈稀,脱有形似,握手已违。"冲淡得可感又不可感,仿佛有又仿佛无,到底是什么样的形象呢?无法说清楚。又如,在用两个美的境界描画"飘逸"这种风格的美之后,他想进一步描画"飘逸"的美,说:"如不可执,如将有闻,识者已领,期之愈分。"同样是仿佛有又仿佛无,说已领会了,就领会了;若要执着地弄个水落石出,反而弄不清楚。这就多少地带着一些不可捉摸的神秘色彩。这都是由这些形象性概念固有的弱点所决定的,而人们却往往将这一点归罪于司空图的唯心主义。

四是由于它建立在审美经验的基础之上,对于具有丰富的诗歌鉴赏经验的读者来说,它意蕴无穷,一个形象性概念,就可以产生丰富的联想。对于一个有丰富审美经验的读者来说,说李白豪放,会联想起他一系列感情奔腾的诗的生动画面,而在一个对李白的诗所知甚少,甚至一无所知的读者,说"豪放"恐怕就不易领略。因为在他的记忆里,缺乏美感联想所赖以产生的从审美经验中积累起来的生动画面。从通俗性这一点来说,不得不说是它的一个局限。

三

用形象性概念评论诗人风格,不知确起于何时。王逸《楚辞章句序》已有"屈原文辞,优游婉顺"之说。但这"优游婉顺",似非指屈原诗歌的整个风格,而仅指语言风格而已,不过我想,运用形象性概念以评论诗人的整个风格,是在诗歌风格论的整个发展过程中逐渐形成的。它的形成,当然有各种各样复杂的原因和条件。它不会是一个个别的现象,而是与其他文学艺术的创作与研究状况有关的,须加探索。仅就它本身说,是不是与下述两方面有关。

一是随着诗歌作为一种文学体裁日益显示出它的特点,诗歌风格论也就日益显示出自己的特色。魏晋六朝之前,我们当然有《诗经》《楚辞》《古诗十九首》等伟大诗篇,但是,诗歌作为一个独立的艺术领域,诗歌的觉醒,人们自觉探讨它的特殊规律,应该说是从魏晋六朝开始。其时,在诗评中出现了不少的风格论。例如,曹丕的《典论·论文》实际已经自觉地探讨诗人的风格问题。他对建安七子中的三人的艺术风格,作了明确的评论:"徐干时有齐气","应瑒和而不壮","刘桢壮而不密"。这"齐气"和"壮",就有着形象性概念的特色,而且,它已经不仅仅指语言风格了。它包括指诗的思想感情方面的特色。《三国志·魏书·阮瑀传》注引《典论》作:"干时有逸气",正是指诗的思想感情特色而言。"壮",近似于钟嵘所说的刘桢诗的"真骨凌霜,高风跨俗",也指思想感情特征无疑。刘勰论风格的文字就更多。它涉到不同文体的风格特色,风格的时代特征,风格构成和形成风格的因素等等问题。单就他对骚、诗、乐府的不同作品、作家的风格的论述就有:朗丽、绮靡、瑰诡、耀艳、清典、清峻、雅、清、丽、清越、雅壮、艳逸等等用语。这些用语,或仅指某种风格因素,或指整个风格特征。无疑,这些用语都带着描述的特色,有着形象性概念的性质,不过,他并没有明确地把这些都当作意境类型来使用,有时指修辞特点,有时批结构特色,有时指情志特征,有时又指诗的思想内容。钟嵘论诗人风格,好像开始有意借助想象和美感联想。例如,他认为范云的诗歌风格是:"清便宛转,如流风回雪。""流风回雪"是一个境界,用以描述"清便宛转"的风格。评丘迟,是:"点缀映媚,似落花依草。""落花依草"是一个境界,用以描述"点缀映媚"的风格。有时候,他甚至不用形象概念,而直接对风格进行形象描画,如他引用汤惠休对谢灵运和颜延之的风格的评论:"谢诗如芙蓉出水,颜如错彩镂金"。有时候,他在形象性概念上加上直接描述,如,评江祐,是:"漪漪清润";评江祀,是:"明靡可怀。""清润"而加之"漪漪","明靡"而喻以"可怀",不仅借助想象,而且近似于灵感一闪,可即而不可即,可以意会而不可言传。

魏晋六朝对诗歌的特殊规律从创作实践上和理论上作了自觉的探讨,为唐代诗歌理论的进一步发展准备了丰富的土壤。于是才有司空图在诗歌风格论上的出色探讨。实际上,到了司空图,才把意境的美的类型,看作不同风格的主要标志。

这就说明,运用形象性概念评论诗歌风格,有一个发展、成熟的过程。而这样一个过程,与诗歌的发展本身,有着密切的关系。

二是受人物品评的影响。在历史上,我们可以看到一种很有意思的现象,那就是在汉末魏初用人之际发展起来,而到永嘉玄谈之风中达到极致的

人物品评,往往也采用和诗歌风格论相似或相同的概念。如:

《世说新语·豪爽篇》注引孙盛《晋阳秋》称:"敦少称高率通朗"。

《世说》称:"大将军眉目高朗疏率"。

可见,这"高率通朗"或"高朗疏率",是同一含义,指眉目而言。但又不仅指容貌。单就容貌言,则无法疏解。显然,兼指神情。什么样的容貌神情称"称高朗疏率",不借助想象,是形不成这一容貌神情的印象的。又如:

《世说·品藻篇》注引檀道鸾《续晋阳秋》称:"坦之雅贵有识量,风格峻整。"

《世说·言语篇》注引《续晋阳秋》:"许询……总角秀惠,众称神童,而风情简素。"

《世说·赏誉篇》注引《文士传》:"机清厉有风格。"同上称:"风神清令。"

《世说·贤媛篇》:"(王夫人)神情散明。"

《世说·赏誉篇》注引《王澄别传》:"澄风韵迈达。"

《世说·言语篇》注引《高逸沙门传》:"(支道林)风期高亮。"

《世说·识鉴篇》注引《续晋阳秋》:"(褚期生)俊迈有风气。"

《世说·赏誉篇》:"(王舒)风概简正。"

《世说·赏誉篇》:"庾公目中朗神气融散。"

在这里,风情、风骨、神情、风韵、风期、风概、风气、神气所指大体是一个意思,都是指一个人的风神骨相和情志特征,包括着容貌、风度、神情、性格、情志,总之,主要是指出外在形象表现出来的精神面貌。用峻整、简素、清令、散明、清举、清迈、迈达、高亮、俊迈、简正、融散这些概念对风神骨相加以描述,不仅有着抽象的意义,而且有着形象特征。它既带着玄谈的高度抽象的特点,又带着想象的可感的形象。例如,说到王羲之风骨清举,即使人想到他志行的高洁,也使人想到他潇洒的容止风度,想到他"飘如游云,矫若惊龙"的形象。说到"神气融散",不仅使人想到对待人生对待事物的平和、狂放的态度,而且很自然地会想象起洒脱的风度和某种随随便便的行为。又如,"峻整"的"峻",本来是形容山的高峭的,用以形容情志,就有刚直激烈的意思。刘勰说:"嵇志清峻",钟嵘说嵇诗"峻切",刘熙载说嵇诗"峻烈","峻",就者包含着刚直激烈的意思。不说"刚直激烈",而说"峻"就给人以一种联想,从高耸削直的形象或急促的旋律,联想到刚直激烈的情志。说王坦之"风格峻整",不仅可以想见他刚直严正高洁的品行,而且可以想象他的神情。

在人物品评中运用想象和联想,有时表现得非常突出,如:

《世说·容止篇》:"嵇康身长七尺八寸,风姿特秀。见者叹曰:萧萧肃肃,爽朗清举。或云:肃肃如松下风,高而徐引。"

《世说·赏誉篇》:"世目李元礼谡谡如劲松下风。"同上篇注引《李氏家传》:"南阳朱公叔,飓飓如行松柏之下。"

人的风神骨相和松下风或行松柏之下有什么相干呢?松下风或行松柏之下,是对某种自然景色的感受,是一种审美感受,把人物的风神骨相和对自然景物的审美感受联系起来,纯然是一种美感联想在起作用。又如:

《世说·赏誉篇》:"裴令公目夏侯太初,肃肃如入廊庙中,不修敬而人自敬。一曰:如入宗庙,琅琅但见礼乐器。见钟子季,如观武库,但睹予戟。见傅兰顾,江廧靡所不有。见山巨源,如登山临下,幽然深远。"

同上篇又有:"严仲弼,九皋之鸣鹤,空谷之白驹。顾彦先,八音之琴瑟,五色之龙章。张威伯,风寒之茂松,幽夜之逸光。陆士衡、士龙,鸿鹄之徘徊,悬鼓之待槌。"

看到人的风神骨相而联想到廊庙礼乐器所给予人的肃穆之感,或联想到武库中兵器的森严,甚至联想到如登高临下,幽然深远,联想到九皋鸣鹤,空谷白驹。这已经不只是一种感觉,而是近于意境了。在这里,只靠科学的准确性,靠逻辑推理,就不够用了,感觉、想象、美感联想起着重要作用。只有借助想象、美感联想的帮助,才能把人的品格、风神骨相与外界的某一美的境界联系起来,传神地表述出来。就像苏里科夫看到雪地里的一对乌鸦,而引发创作灵感,联想到《女贵族莫洛卓娃》的意境一样,重要的是美感联想。

从这里,我们可以看到我国传统的诗歌风格论和人物品评的思维形式有某些相似之处。"文如其人"。品诗就如同评人一样。

从上面这些,我们可以看到诗歌风格论受着人物品评的明显影响。

四

诗歌风格论中运用形象性概念,并非独有的现象,散文风格论中同样存在。《典论·论文》的一些评论,既指诗歌,也指散文。而《文心雕龙》中的风格评论,更主要的是指散文。刘勰提出的八种基本风格:典雅、远奥、精约、显附、繁缛、壮丽、新奇、轻靡,就是指散文风格而言。他是把散文归纳为八种基本风格,而不是指作家的创作个性。而且他对这八种基本风格的解释,有的侧重内容,有的侧重结构,有的侧重于文采,而不是指某一作家散文的整个风貌。在散文中运用形象性概念以评论作家风格,也是有个发展过程的。后来的一些评论,就更带着诗歌风格论中形象性概念的特色。例如,姚鼐评归有光的散文风格是:"风韵疏淡。"吴德旋评归有光的散文风格是:"高淡",评鲁宾之:"清而能瘦";评汪尧峰:"少严峻遒拔"。他并且对"少严峻遒拔"作了一个形象的说明:"如游池沼江湖而不见壁岸。"

不仅在散文风格论中,而且在国画风格论中,同样常常存在着运用形象性概念评论画家艺术风格的现象,例如:

董其昌在《画旨》中论倪云林,称其"古淡天然。"

莫是龙在《画说》中论赵大年,是"秀润天成。"

蒋宝龄在《墨林今话》中论汤贻汾山水:"骨韵苍逸"。论董棨:"意态繁缛而笔致清脱。"

清人张庚在《画征续录》中称邹一桂"清古冶艳。"

张庚《书画纪闻》称王昱,"于古浑中,时露秀润之致。"用形象性概念评画家的艺术风格,显然正是用以表述存在于一幅幅画中的共同的美的特征,表述一种美的类型。它也是传神的、富于美感联想的,而且含义同样缺乏明确的严格的规定性。

这种现象在书法风格论中同样存在。例如,《唐会要》卷三五载:

唐太宗尝于晋史王右军传后论曰:"钟书布纤浓,分疏密,霞舒云卷,无所间然。……献之虽有异风,殊俗新巧,疏瘦如凌冬之枯树,虽槎枿而无屈伸,拘束若严家之饿隶,惟羁羸而不放纵。萧子云无丈夫之气,行行如萦春蚓,步步如绾秋蛇。卧王蒙于纸中,坐徐姬于笔下,以兹布美,岂滥名耶。所以详察古今,研精篆素,尽善尽美,其惟王逸少乎! 观其点曳之工,裁成之妙,烟霏雾结,尖若断而复连;凤翥龙蟠,势若曲而还直,玩之不觉为倦,览之莫识其端,心务力追,此有而已。"

书法本来是一门更接近于抽象的艺术,但对于书法风格的评论,想象和美感联想同样占有重要的地位,它的思维过程与诗歌风格论是很相似的。

不仅风格论,而且在创作论中,也常常可以明显看到理论家们的丰富想象、美感联想,甚至创作灵感。不用说陆机和刘勰创作论中尽人皆知的著名例子,即使书法的创作论,也不乏想象飞驰、形象接踵而至的例子。试以唐人孙虔礼论书法创作为例:

"观夫悬针垂露之异,奔雷坠石之奇,鸿飞兽骇之姿,鸾舞蛇惊之态,绝岸颓峰之势,临危据槁之形,或重若崩云,或轻如蝉翼,导之则泉注,顿之则山安,纤纤乎似初月之出天涯,落落乎犹众星之列河汉,同自然之妙,有非力运之能成。"

这种现象告诉我们,我们的古代文艺理论家们在研究和论述文学艺术现象时,不仅有着理论家的分析、推理、判断,而且常常有着丰富的想象,美感联想,甚至创作灵感。他们的这种思维方式,更适宜于把握文学艺术的特殊规律,也更善于传神地把它揭示出来、表述出来。当然,我们古代的文艺理论批评有时也常常表现出缺乏科学的系统性和严密性,自有其弱点在。但它确实有自己的优良传统,有自己的特色。从我们的文艺理论批评的遗产的实际出发,研究这些特点和形成这些特点的原因,实事求是地加以总结,而不是用几个现代的概念去套它,这实在是一件艰巨的工作。